KB138340

코끼리 없는 동물원

김정호 지음

코끼리 없는
동물원

김정호 지음

차례

동물원, 하루의 시작

차 한 대를 아내와 함께 쓰다 보니, 아내가 차를 쓰는 날에는
다른 출근 방법이 필요했다. 오랫동안 같은 곳을 출근하다 보
니 익숙해진 출근길을 좀 낯설게 만들고 싶은 마음도 있었다.

집에서 동물원까지 차로 15분, 걸어서 70분, 자전거로는
30분 정도 걸린다. 몇 번 걸어서 가보기도 했지만, 출근시간을
맞추려고 전날 일찍 잠자리에 들어야 한다는 부담감에 편치
않았다. 현실적인 방법은 30분 걸리는 자전거였다. 자전거에
도시락을 매달고 가는 출근길을 떠올려 보니 소박하고 건강했
다. 도시락을 싸는 번거로움을 줄이기 위해 매일 같은 반찬을

쌌다. 생양파와 멸치를 냉장고에서 한 움큼 집어넣으면 그게 다였다. 자전거를 타며 몸을 사용하니 단출한 반찬과 밥이 달았다. 차로 달리면 볼 수 없는 것들도 보였다. 건널목을 건너는 초등학생의 흔들리는 실내화 주머니, 가게를 여는 분주한 사람들, 산책 나온 강아지. 골목에서 자주 만나게 되는 사람들에게 목례를 하기도 했다.

가는 길에는 언덕이 많다. 지금은 여름이 다가오는 계절이다. 언덕을 오르며 팽팽한 체인을 느끼면 안장에서 버티려 하지 않고 자전거에서 내린다. 걷는 도중 향기에 이끌려 고개를 돌리니 길가에는 깨끗한 찔레꽃이 피었다. 오른 만큼 생긴 내리막을 달리자 내 몸과 자전거가 만든 바람이 아카시아 꽃을 흔들어 향기롭다.

작가 김훈은 『자전거 여행』에서 오르막과 내리막이 비기면서, 다 가고 돌아보면 길은 결국 평탄하고 그래서 자전거는 내리막을 그리워하지 않으면서도 오르막을 오를 수 있다고 했다. 평탄해진 길을 뒤로하고 동물원에 도착했다. 영역을 알리는 수사자의 울음소리가 들린다.

동물들의 아침은 먹이를 가져다주는 사육사를 기다리는 것으로 시작한다. 사육사들도 이런 기다림을 알기에 일반 직장인들보다 일찍 출근한다. 선선한 여름 아침은 한낮의 햇볕을 피해 일할 수 있어 좋고, 추운 지방에 살던 동물들의 식욕을 돋우는 때이기도 하다.

나 또한 출근 후 근무복으로 갈아입고 동물원을 한 바퀴 돌아보며 동물들을 관찰한다. 수의사인 나에 대한 동물들의 호불호는 극명하다. 최근 나에게 주사를 맞았거나 수술을 받은 동물이 나를 보고 숨는다.

자궁 축농증으로 수술을 받은 암사자 도도는 낮은 자세로 숨어서 나를 노려보고 있다. 수술 후 상처를 확인하고 치료하기 위해 수차례 주사를 맞았으니 낭연한 일이었다. 최근 지루했을 도도의 동물원 생활에 자극을 주기 위해 기부받은 커피콩 자루를 장난감 삼아 높은 곳에 매달아 주었는데 좁은 바닥을 차고 날아올라 자루를 낚아채는 모습에 감탄했다. 그만큼 건강해진 도도가 노려보니 나쁘지 않다.

숨어서 나를 보고 있는 또 다른 동물은, 표범 표돌이다. 표돌이는 해가 갈수록 더 깊이 숨는다. 매해 실시하는 건강검진 때문인데, 몸 상태를 본능적으로 숨기는 야생동물은 일 년에 한 번 검진을 통해 질병을 조기 진단한다. 표돌이는 열 살이 훌쩍 넘은 노령 동물이라 검진에 더 신경 쓴다. 표돌이와 동복형제지만 내 발걸음 소리를 듣고 달려오는 표범 직지도 있다. 인제니처럼 한걸음에 달려온다. 먹이를 주는 사육사를 반가워하는 것은 당연하지만 수의사를 반기는 동물은 직지가 거의 유일하다. 15년 전 직지의 발에 큰 상처가 났었다. 직지를 치료하면서 사람의 체취가 묻게 되어 이미에게 돌려보낼 수 없다고 판단했고, 할 수 없이 사육사가 분유를 먹여 키웠다. 어렸을 때부터 보아왔던 직지에게 정이 갔다. 그 뒤로는 직지만큼은 다른 수의사에게 주사 놓는 일을 부탁한다. 동물치료는 이성적으로 판단해야 하는 일이기에 잘 되진 않지만 동물에게 감정을 섞지 않으려 노력한다. 관계를 떠나 사람 자체에 거리를 두는 동물들이 있다. 야생동물이기에 사람을 피하는 것은 당연한 일이지만 잠은 잘 잤는지 몸은 좀 괜찮은지 마주 보고 안부를 묻고 싶다.

수달 달순이는 몇 해 전 수컷이 죽고 나서는 집 밖으로 잘 나오지 않아 관찰이 되지 않는다. 다행히 밤에는 수영하는 모습을 볼 수 있다는 숙직 근무자들의 이야기를 듣고 안심한다.

혼자 있는 얼룩말 하니는 항상 풀이 죽어 있었다. 사회적인 동물이라 혼자 있는 것이 건강에 좋을 리가 없었다. 좁은 우리에 얼룩말들을 계속 데려오는 것은 아니라는 생각에 최근 다른 종인 미니말들과 함께 살게 해 주었다. 아침에 보니 서로 서 있는 거리가 가까워져 다행이다.

수컷 호랑이 호붐이는 철망 앞을 무의미하게 왔다 갔다 하기를 반복한다. 이런 호붐이의 행동을 정형 행동이라고 하는데, 동물들이 좁은 공간에 살면서 보이는 일종의 강박 행동을 말한다. 호붐이가 현재 살고 있는 공간은 몹시 좁다. 백두

대간을 호령하는 호랑이에게 30평의 공간은 터무니없겠지만 올해는 조금 넓혀줄 예산이 생겨 설계 중이다. 호붐이의 정형행동을 보다가 물새장을 바라보면 마음이 좀 편하다. 물새장은 우리나라 기후에 맞는 토종 새들이 비교적 넓은 공간을 날아다니며 사는 공간이다. 동물원에서 태어난 두루미들은 아침부터 긴 다리로 성큼성큼 걸어 다니면서 풀숲에 숨어있는 벌레들을 찾는다.

동물원에 사는 자유로운 야생동물을 만나기도 한다. 동물원 정상 부근에 위치한 동물병원을 지날 때면 수풀에 있다가 펄쩍 뛰는 고라니에게 놀라기도 한다. 오래전 누군가가 동물원 정문에 놓고 간 새끼 고라니는 분유를 먹고 자랐다. 고라니는 다 자라서도 직원들이 족구를 하고 있으면 공을 따라다닐 만큼 사람과 친근했다. 시간이 지나 야생성을 되찾은 고라니는 얼마 뒤 보이지 않았다. 간혹 마주치는 고라니가 그 고라니 같지만 확신은 없다. 다람쥐들이 나무를 오르락내리락하며 서로 쫓으며 장난을 치고 있다. 몇 해 전 갇혀 있던 다람쥐들을 동물원 내에 풀어줬다. 좁은 사육장에 있던 다람쥐에게

는 느낄 수 없었던 생동감이 있었다. 동물원에는 도토리나무
가 많아 잘 먹고 지내는 것 같았다.

이렇게 매일 아침 다양한 동물들을 만난다. 나를 싫어하
는 동물, 나를 좋아하는 동물, 갇혀 있는 동물, 자유로운 동물.
동물을 가두는 낡은 동물원은 소멸의 길로 들어서겠지만 자
연으로 돌아갈 수 없어 오늘도 이곳에서 삶을 이어가는 동물
들이 있다. 그들은 그냥 공평하게 주어진 하루를 불평 없이 살
고 있을 뿐이다.

동
물
원

이
야
기

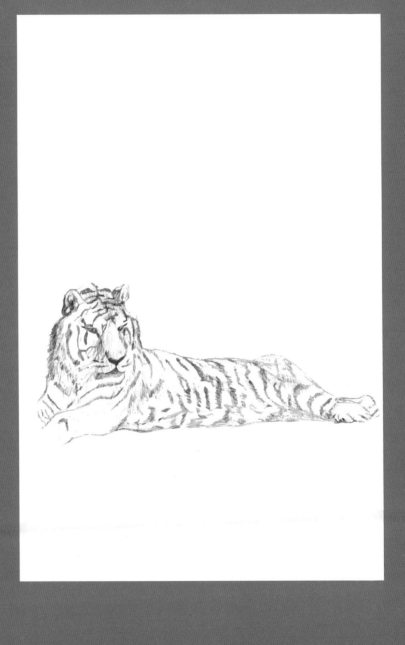

동물원 이야기

박람이가 바라본 풍경

동물원에 살았던 호랑이 박람이는 나무 침상에 앉아 창살 아래 노여든 관람객들을 내려다보고는 했다. 가끔 먼 산을 바라보다가 지루해지면 열 걸음이면 끝나고 마는 호랑이사 창살 주위를 반복해서 왔다갔다 했다. 성큼성큼 걷는 박람이의 모습은 지켜보던 관람객들의 탄성을 자아냈다. 산혹 어린 아이들은 무섭다며 부모 뒤에 숨기도 했고 울음을 터뜨리기도 했다. 박람이가 살던 호랑이사는 그리 넓지 않은 국내 동물원 호랑이사 중에서도 가장 좁았기에 그 몸이 더 커 보였다. 그러던 어느 날 뒷다리가 휘청거리면서 걸음이 온전하지 못하게 돼 온종일 나무 침상에 앉아서 지냈다. 급기야 나무 침상과 엉치

뼈가 닿아 어린 아이 손바닥만한 욕창이 생겼고 기온이 오르는 계절이 되자 상처에 파리가 알을 낳기 시작했다. 안락사와 수술을 두고 결정을 해야만 했다.

결국 박람이는 CT 촬영을 하러 간 대학 동물병원에서 척추디스크 수술까지 받게 되었다. 수술 하루 전 직원들이 모두 퇴근한 뒤, 나는 침상에 앉아 있는 박람이를 한참을 바라보았다. 느껴보고 싶었다. 박람이가 원하는 것은 무엇일까. 노령의 박람이를 수술하는 것이 옳은 결정일까. 마지막일지도 모르는 박람이의 사진을 찍었다. 박람이는 수술을 받다가 심정지로 스무 해의 삶을 마감했다. 2년 반이 지난 2020년 가을, 대전 출장 중에 직원으로부터 사진 하나를 전송 받았다. 중장비가 박람이를 가두던 창살을 뜯어내는 장면이었다. 박람이가 있을 때만 해도 견고해 보이던 창살이 중장비 앞에서 종잇장처럼 구겨져 있었다.

박람이와 암컷 청호는 살아서 많은 호랑이를 낳았다. 새끼 호랑이를 보여주는 것은 관람객에게 해줄 수 있는 동물원의 최고 이벤트였다. 어느 해인가 프로야구 구단인 해태 타이거즈가 기아 타이거즈로 명칭을 변경하였는데, 기아 타이거즈의 창단식에 박람이 새끼들이 초대받아 광주 무등 경기장에 다녀온 적이 있다.

새끼 호랑이들의 이름은 시민 공모를 통해 지어졌을 만큼 인기가 좋았다. 한 동물원에서는 새끼 호랑이들의 이름을 '화이트 라거'라고 지어, 맥주 회사로부터 받은 맥주를 직원들이 원없이 먹어봤다는 후문도 들었다. 1999년에 태어난 박람이도 그해 청주에서 열린 국제항공박람회를 기념해서 박람이라고 지었다. 박람이의 백일 잔치도 열었는데, 그때 촬영한 동영상 속 박람이의 주변에는 많은 사람이 모여 있다.

동물원에 살고 있는 박람이 아들 호붐이는 동물 관련 방송 프로그램 진행자였던 연예인 붐이 방송 중 붙여준 이름이다. 호붐이는 박람이가 살았던 곳을 물려받았는데 얼마 전 시작한 공사를 위해 잠시 더 좁은 곳으로 옮겨갔다. 이동을 위해 마취를 했는데 남매인 호순이와의 합사를 위해 중성화 수술을 병행하였다. 수술로 꺼낸 정소는 전북대 수의학과로 옮겨졌고 정자들은 훗날을 위해 냉동되어 있다.

계획 없는 무제한적인 번식은 가뜩이나 좁은 공간을 나누게 한다. 호랑이는 기본적으로 단독 생활을 하는 동물이라 개체별로 공간이 따로 필요하다. 사이가 좋아 보인다고 암수를 같이 두는 것은 언제나 위험을 지닌다. 예전에 수컷 호랑이가 암컷 호랑이의 엉덩이부터 꼬리까지 피부를 벗겨놓아 수술을 한 적이 있다. 동물원에서의 첫 진료였다. 또한 국내 호랑이들은 혈연관계가 많아 근친 비율이 꽤 높다고 알려져 있다. 동물원의 일부 호랑이들의 눈이 사시인 것이 증거이다. 그런 이유로 앞으로 박람이의 2세들은 더 이상 후손을 남기지는 못할 것이다.

뒷다리가 무너져가고 욕창이 생긴 박람이에게 살던 곳에서 초일비 죽음를 맞를 수 있게 해 주는 것이 맞았을지, 살 수 있다는 희망으로 수술을 감행했던 것이 맞았을지 같은 상황이 와도 다시 고민하게 될 것 같다. 좁은 곳에서 병을 얻은 박람이의 사연이 알려지면서 호랑이사는 이제 그 공간을 넓히는 공사를 하고 있다. 박람이가 항상 앉아 있던 평상에 나도 앉아 보았다. 그곳에서 박람이가 앉아서 바라보았던 풍경을 찾아보았다. 시선의 끝에는 앞산의 양지바른 무덤이 있었다. 그리고 그 너머에는 울창한 숲이 있었다. 그 숲의 골짜기는 예전에 호랑이가 자주 나왔던 곳이라 하여 범박골(범바위골)이라 불렸다.

두 여우 이야기

사라진 동물들을 되돌리려는 노력이 계속 이어지고 있다. 지리산에서는 반달가슴곰, 설악산에서는 산양, 소백산에서는 붉은여우를 증식해서 자연으로 돌려보내고 있다.

소백산에서 붉은여우 복원을 담당하는 기관은 국립공원공단 생물종보전원(구 종보전기술원) 중부센터인데, 2017년쯤 그곳 직원들이 갑자기 연락도 없이 청주동물원을 방문하였다. 이유를 묻자 소백산에 방사한 여우의 신호가 청주동물원에서 잡힌다는 것이었다. 방사하는 여우의 위치를 추적하기 위해 목에 발신기를 다는데, 이들은 여우의 발신기 신호를 따라

영주에서 청주까지 온 것이다. 센터 직원들과 함께 수신 안테나를 들고 동물원 구석구석을 살피며 여우를 찾아 다녔다. 동물원 여우사에서 그리 멀지않은 곳에 뚜껑이 없는 수도관 맨홀이 있는데 그곳에서 신호가 정지되었다. 속을 들여다 보았더니 우리를 빤히 올려다 보는 붉은여우 한 마리가 있었다. 청주와 영주는 직선거리로도 100km나 떨어져 있다. 자동차로도 두 시간, 작은 여우가 오기에는 먼 곳이다. 어떻게 소백산을 벗어나 청주까지 왔는지 영문은 모르겠지만 지나는 길에 동물원에 사는 여우들의 냄새에 이끌려 온 것이 아닐까. 위치추적을 통해 발견하지 못했다면 자신의 처지를 애달파 하지도 않았을 이 조용한 생물이 주검으로 발견됐을 수도 있었다. 그동안 여우를 꽤나 불편하게 했을 발신기의 덕을 보았다. 여우는 영주로 돌아가 소백산에 재방사되었다고 들었다.

　여우 이야기 하나 더. 2020년 세종시에 있는 복숭아 과수원에 붉은여우기 나타나 언론에 보도되고 화제가 되었다. 그후 자취를 감추었던 여우는 한 달쯤 뒤 청주 시내에 다시 출몰하였다. 신고를 받은 119 구조대가 차량 밑에 웅크리고 있는 여우를 포획하여 국립공원공단 생물종보전원 중부센터에 인계하였다. 중부센터는 혹시 소백산에 방사한 여우가 아닌지를 확인하기 위해서 혈액을 채취하여 유전자 검사를 진행했다. 그 결과 소백산 여우는 아닌 것으로 판명되었다. 어디 출신인지는 모르겠지만 야생성이 크지 않다는 것에는 전문가들의 이견이 없었다. 사람을 피하는 야생 여우에 반해 세종과 청주의 도심을 중심으로 나타났고, 포획 당시 사람에 대한 경계가 별로 없었다. 아마 누군가가 가까이 두고 길렀던 것으로 예상되는 행동들이었다.

관계자들은 소백산 여우들과 유전자가 다른 이 여우를 두고 처리 문제를 고심했다. 결국 청주 시내에서 포획되었기에 청주시의 유기동물로 분류되었고, 토종 야생동물 보호소를 표방하는 청주동물원이 이 여우를 맡아 키우기로 결정하였다.

중부센터에는 대학 실험실 후배인 이숙진 수의사가 일하고 있었다. 이숙진 수의사는 여우를 차에 싣기 전, 야생 방사를 앞둔 여우들을 기르는 방사장을 안내해 주었다. 우리 동물원의 실내에만 살고 있는 여우들을 위해 방사장을 마련해 줄 계획이어서 잘 설계된 중부센터의 시설을 꼼꼼히 살펴보았다.

이숙진 수의사는 후배이지만 동물에 대한 순수한 열정이 있어 평소 존경하는 수의사이기도 하다. 언젠가 물어본 꿈이 트럭에 의료장비를 싣고 동물병원이 없는 시골을 다니며 아픈 동물들을 치료해 주는 것이었다. 이숙진 수의사는 우리가 데리고 갈 여우의 이름이 김서방이라고 이야기해 주었다. 이 여우가 세종시와 청주시 사방팔방을 휘젓고 다닐 때, 포획 계획을 세우면서 이를 서울에서 김서방 찾기 같다고 한 데서 비롯되었다고 한다. 김서방은 우리가 다가갈 때도, 차에 실을 때도 두려워하지는 않았다. 이숙진 수의사와도 아쉬운 작별을 했다.

며칠 전부터 여우를 담당하게 될 사육사들은 김서방이 들어갈 집을 열심히 꾸몄다. 나무도 새로 심고 김서방이 올라가 휴식을 취할 높은 선반도 만들어 주었다. 대개 야생동물은 본능적으로 사냥의 쉬운 목표가 되는 낮은 위치를 좋아하지 않는다. 동물원에 도착한 김서방을 새집에 들여보냈다. 금세 선반에 폴짝 뛰어 올라갔다. 그리고 지금 그곳은 김서방이 지금까지 가장 많이 머무는 곳이 되었다. 그동안 사람에게 의존해서 살아왔던 여우였을 테니 어쩌면 무한한 자유가 고달팠을 것이다.

청주동물원에는 김서방을 포함한 총 11마리의 붉은여우가 살고 있다. 대부분 내실로만 이루어진 여우사에서 살고 있었지만 2020년 현재, 여우들이 뛰놀 수 있는 넓은 방사장이 지어지고 있다. 야생이 아닌 동물원이라는 한계는 있지만 여우들이 발톱을 갈아볼 나무를 심었고, 사람들을 아래로 내려다 보면서 마음 편히 휴식을 취할 구조물도 만들었다. 여우들은 흙으로 된 방사장에 자신들의 본능대로 마음껏 굴을 팔 것이다. 날 좋은 봄이 되면 햇볕을 쬐며 즐기도 할 것이며, 맑은 날 여우를 사랑한 구름이 갑자기 내려 보낸다는 여우비도 맞아 볼 것이다.

동물원 이야기

독수리 청주와 하나

우리에게 익숙한 '대머리독수리'라는 말에는 뜻이 겹쳐 있다. '독수리'의 '독禿' 자가 이미 '대머리'라는 뜻이기 때문이다. 그러니 대머리수리라 부르는 게 옳다. 대머리수리가 대머리가 된 데는 생태적 이유가 있다. 우리나라에서 볼 수 있는 맹금류중 가장 큰 독수리는 매서운 생김새와 다르게 사실 사냥을 하지 못하고 동물의 사체를 먹고 산다. 시각과 후각이 뛰어난 덕분에 사체를 금세 발견하고 내려 앉는다.

TV프로그램 <동물의 왕국>에서 독수리가 나무 위에 앉아 사자와 하이에나의 눈치를 보며 식사 차례를 기다리는 장면을 한 번쯤 본 적이 있을 것이다. 독수리는 사체 깊숙이 머리를 파묻고 살과 내장을 꺼내 먹고 사는데 머리에 털이 나 있었다면 피가 머리에 묻어 비위생적이고 비에 잘 씻겨지지도 않았을 것이다. 자연이 만들어 낸, 참으로 적절한 생김새다. 우리나라에 겨울 철새로 날아오는 독수리는 저 먼 몽골이 고향이다. 독수리는 나이가 들면 깃털이 검은색에서 갈색으로 바뀌는데, 겨울철 우리나라에서 볼 수 있는 독수리는 대부분 검은 깃털을 가졌다. 몽골에서 먹이 경쟁에 밀린 어린 독수리가 남하한 것이다.

2019년 1월 야생동물센터, 동물위생시험소와 함께 구조된 독수리를 방사했다. 겨울철 우리나라에서 월동하다 구조된 이 독수리의 날개에는 영문자 표식이 있었다. 알고 보니 독수리 보전을 위해 미국 덴버동물원이 번식시켜 몽골에 방사한 것이다. 방사하는 독수리에게 태양전지로 작동하는 위치추적기를 부착했고 독수리가 하루 동안 움직였던 12개의 좌표가 사이트를 통해 들어왔다. 3개월 동안은 충남, 경상, 경기 일대가 활동 범위였다. 3월 말부터는 경기 지역에만 머물더니 북쪽을 향해 일직선으로 나아갔다. 4월 3일 휴전선을 넘어 북으로 올라갈 때는 감동에 벅차 울컥했다. 야생동물에게는 사람이 만든 경계가 무의미했다. 독수리는 4월 10일에 중국 선양을 지났고 4월 19일에는 드디어 중국 북쪽 국경을 넘어 고향인 몽골 국경 안으로 날아 들어갔다. 그 후 두 차례 한국과 몽골을 오가는 것을 확인하였다.

위치추적기는 합성섬유로 만든 끈으로 연결해 독수리의 등에 장착했다. 독수리가 작은 가방처럼 메고 있는 모양이다. 추적기를 매단 끈은 날카로운 부리로 인해 풀어질 수도 있고 햇빛과 풍화로 자연스럽게 끊어지기도 한다. 2년간 독수리의 비행능력이 확인되었으니, 언젠가 신호가 움직이지 않으면, 몽골의 어느 들판에 위치추적기가 떨어져 램프를 껌박이고 있을지도 모를 일이다.

독수리장에는 6마리의 독수리가 살고 있다. 예전 동물기록이 없어 어떤 경로를 통해 들여온 개체인지는 정확치 않다. 몇 마리는 정상적인 날개를 지녀서 지급된 닭고기를 먹으러 언덕 밑으로 날아오는데, 그 모습을 보면 언제라도 하늘을 날 수 있을 것 같다.

언제부턴가 동물원의 좁은 장에 갇힌 독수리들이 하늘을 자유롭게 나는 상상을 했다. 그런데 야생동물센터와 야생동물에 관한 여러 프로젝트를 진행하면서 상상은 현실이 됐다. 동물원에 살던 독수리 중 가장 비행술이 뛰어나 보이는 '청주'를 야생동물센터에 보내 방사훈련을 시키게 된 것이다. 오랜 세월 갇혀 지내 날개가 굳고 과체중이지만 훈련 덕분에 근육량이 늘었고 나날이 비행거리가 길어진다는 소식이 들린다. 하지만 아직 방사할 정도는 아니라고 판단되어 몇 년째 훈련만 받고 있다.

독수리 청주가 야생동물센터로 가면서 동물원에는 부리가 삐뚤어진 독수리가 한 마리가 들어왔다. 야생동물센터가 ᄀᆯ ᄀᆮ 입 시 ᄑᄀ신에 구소했고, 건강해진 후에도 삐뚤어진 부리로 인해 자연에서는 살아남지 못할 것이라고 판단해 동물원으로 오게 됐다. 위아래 부리가 하나같이 잘 움직였으면 하는 바람으로 이름을 '하나'라고 지었다. 하나는 지급된 닭고기를 먹는 게 다른 독수리보다 오래 걸려서 닭고기를 빼앗길지도 모른다는 불안감에 식탐이 많았다.

식욕은 삶의 의욕이라고 했던가? 하나는 현재 여섯 마리 독수리 중 가장 활발하고, 가장 높은 횃대도 하나의 차지가 되었다. 기회가 될 때마다 동물원을 찾은 사람들에게 하나가 동물원에 오게 된 사연을 들려준다. 하나는 하늘을 날 수 없게 됐지만 굶주림은 걱정하지 않는다. 눈 밝은 야생 독수리가 하나를 보고 동물원 주변을 날고 있다.

동물원 이야기

거북이섬 갈라파고스

식욕이 왕성한 아프리카 육지거북이가 며칠째 밥을 먹지 않는다. 처음에는 손바닥만한 새끼 거북이로 들어왔는데 10여 년이 지난 지금은 몸무게가 56kg이나 된다. 동물병원으로 방사선 촬영을 하러 갈 때 두 명의 사육사가 차에 싣고 내리기가 버거울 정도다. 그간 파충류들은 진료하면서 치료 반응이 좋지 않았기에 힘이 빠졌고, 진료보다는 온도와 먹이 관리 등 사육환경에 집중하는 것이 이익이라고 생각했었다. 그런데 콧물이 줄줄 흐르는 거북이를 보고 있으니 다시 파충류 의학책을 뒤적이지 않을 수 없었다.

2017년 11월 지리산에서 곰을 복원하는 사업을 맡은 국립공원공단 정동혁 수의사와 함께 갈라파고스에 가기 위해 에콰도르 수도 키토에 도착했다. 숙소에 머무르는 동안 머리가 어지러웠다. 알고 보니 키토는 해발 2,000m 고지대에 위치한 도시여서 저산소증을 겪을 수 있는 환경이었다. 다시 키토에서 비행기로 3시간이 걸리는 갈라파고스로 향했다. 갈라파고스는 에콰도르 서쪽 해안선에서 1,000km 떨어진 섬으로, 해류에 휩쓸린 생물이 우연히 표착될 수도 있는 곳이면서 새로운 종으로 독립 분화될 수 있는, 적당히 먼 곳였다.

산타크루즈 섬의 발트라 공항에 내리자 건조해 보이는 땅이 넓게 펼쳐져 있었고 날씨는 한류가 강해지는 시기라 선선했다. 숙소로 향하는 도로 곳곳에 길을 선너는 거북이를 조심하라는 표지판을 보니 갈라파고스에 온 것이 실감됐다. 하늘에는 몇 달씩 땅에 내려오지 않는다는 군함조가 연처럼 날고 있었고 항구에는 사람을 아랑곳하지 않는 바다사자가 누워서 일광욕을 즐기고 있었다. 바닷가에 나가 보니 바다이구아나가 있었다. 다가가니 쉭쉭 소리를 내서 더는 접근하지 않았다. 바닷속 바위에 난 해초를 뜯어 먹는 이구아나라니, 격변하는 환경에서 자연의 선택을 받느라 참 고생이 많았다고 생각했다.

다음날 방문한 찰스다윈연구소에는 핀타섬땅거북 조지가 박제되어 있었다. 조지는 1971년 핀타섬에서 마지막으로 발견된 거북으로, 2012년까지 혼자 지내며 40년 동안이나 멸종위기종을 상징하는 아이콘으로 살았다. 연구소 안쪽에는 살아있는 거북이들이 여러 마리 있었다. 거북이들은 소리를 내지 않고 조용했다. 이 조용한 거북이들이 위기를 맞은 건 17세기다. 이곳에 무혈입성한 해적과 포경선원이 식량으로 쓰기 위해 거북이를 씨를 말릴 만큼이나 많이 잡아갔다고 한다. 굼뜬 거북이는 선원들이 손쉽게 잡을 수 있었으며, 갑판 밑 창고에 쌓아둘 수도 있었기 때문에 살아있는 비상식량이었다.

선원들은 여러 섬을 돌다가 더 큰 거북이를 발견하면 다른 섬에서 가져온 작은 거북이들을 넣어 버렸고 그래서 잡종 거북이 생겨났다고 한다. 아이러니하게도, 지금은 멸종된 거북이를 살려내는 데 있어 이 잡종 거북들의 유전자가 실낱같은 희망이라고 한다. 찰스 다윈은 귀향하는 비글호에 새끼 거북이들을 실었고, 건강이 나빠지자 이들을 비글호 선원에게 넘겨 주었다. 이 중 하나는 호주 동물원에 기증되어 비교적 최근인 2006년까지 살았다고 한다.

가이드를 동반하여 거북이 야생공원에 갔다. 제주도 목장 같은 곳에서 많은 거북이들이 말처럼 풀을 뜯고 있었다. 몸무게가 300~400kg이나 나간다고 한다. 한쪽에는 죽은 거북이 껍질을 전시해 놓았는데 내가 거북이라고 상상하면서 껍질 안으로 들어가 보았다. 머리와 앞다리가 나오는 쪽의 등껍질이 안장처럼 위로 휘어져 위아래의 껍질 간격이 꽤나 넓었다. 목을 길게 빼서 섬에서 자라는 선인장을 먹기 위한 것이라는 설이 있다. 주변의 선인장도 거북이를 피하기 위해 높은 잎을 달고 있는 듯했다. 거북이 목과 선인장 몸통 중 어느 것이 빨리 자랄까?

이곳에 우연히 오게 된 거북이의 삶을 상상해 보았다. 거북이는 남아메리카 해안가 숲에 살다가 어느 날 갑작스러운

폭우로 하천으로 떠내려갔다. 하천은 바다로 흘러갔고 거북이는 해류를 타고 긴 시간을 여행했다. 운이 좋은 거북이는 표류하다가 가까스로 섬에 도착했다. 우기에는 섬에서 나는 풀을 뜯어 먹어 지방을 축적했고 건기에는 선인장을 먹으며 견뎠다. 그런데 언젠가부터 거북이들은 간간히 섬에 들르는 사람들의 손에 잡혀가 식량으로 쓰였고, 수도 키토에서는 가로등을 밝히는 기름으로 쓰였다. 사람들이 마을을 이루고 살면서 같이 들여온 염소는 거북이가 먹을 풀을 뜯으며 살았다. 결국 어느 섬의 거북이들은 이제는 볼 수 없게 되었다.

오래 산다는 이유로 참 많은 것을 봤을 거북이들이다. 이곳 거북이의 앞 껍질 간격이 벌어질 수 있었던 이유는 선인장을 먹기 위해서도 있지만 그 간격의 빈틈을 헤집고 공격할 포식자도 없었기 때문이다. 결국 인류가 이 거북이들을 위협하는 포식자가 되었다. 과거 자연의 어느 포식자보다 위험한 포식자였던 인류는 이제 갈라파고스를 세계 자연유산으로 지정해 보호하고 있다.

동물원의 아프리카 육지거북이는 아직 먹지 않는다. 조용한 거북이지만 검사를 하려고 만지니 쉭쉭 소리를 내며 머리를 집어넣고 껍질만큼 단단한 앞다리로 틈을 막는다. 주사를 목에 놔야 하는데 난감하다. 녀석의 고향인 아프리카에는 천적이 득실댔으니 쉽게 빈틈을 보일 리는 없을 것이다.

동물원 이야기

표돌이의 매화무늬 꼬리

아프리카의 야생 표범은 사냥한 먹잇감을 더 강한 사자에게 빼앗기지 않기 위해 나무에 올라가 먹이를 먹는다. 나무에 오르기 위해선 균형을 잘 잡아야 하는데 굵고 긴 꼬리는 이때 큰 역할을 한다.

동물원에서 태어나 15년을 살아온 표돌이는 그리 넓지 않은 집에 살고 있었다. 그 한가운데에는 철심 둘레를 시멘트로 두껍게 굳혀 나무 색깔 페인트로 겉을 칠한 인조목이 하나 있다. 야생의 본능이 살아있는 표돌이는 하루의 반 이상을 인조목 가지에서 시간을 보낸다. 사실 그것 말고는 딱히 할 일이 없기도 해서 표돌이에게는 없어서는 안 될 가구다. 인조목 위에서 쉬고 있는 표돌이의 매화무늬는 꼬리에서 절정을 이룬다. 그리 높지 않은 인조목 탓도 있지만 아름다운 꼬리는 땅에 닿을 만큼 길다. 한참을 바라보고 있으면 과거 표범의 털가죽을 탐했던 사람들을 이해할 수도 있을 것 같다.

여름이 끝나갈 무렵 표돌이의 꼬리에 작은 상처가 생기더니 점점 더 커져서 멀리서도 보일 정도였다. 처음에는 가려워서 긁기 시작하다가 뼈도 핥아 먹는 껄끄러운 혀로도 자주 핥으면서 상처가 심해지는 양상이었다. 사육장 내실을 물청소하면서 생긴 습기와 서늘함에 의한 곰팡이성 질병을 의심해 약을 처방했지만 상처는 더 커져갔다.

치료를 위해선 마취를 해야 하는데, 아픈 마취주사를 맞는 표돌이의 격앙된 반응을 생각하니 다른 방법이 필요했다. 내가 나타나면 주사를 맞았던 그 고통의 기억이 떠오르는지 경계하는 모습이 역력하다. 야생에서 고통의 기억은 생존을 좌우하기에 자연스러운 일이다.

　　외국 동물원의 수의사에게 자문하여 사료로 지급되는 닭고기에 진정제를 주사하고 표돌이에게 먹였다. 효과가 있는지 내가 들어가도 표돌이는 전처럼 심하게 저항을 하진 않았다. 마취주사가 한 발 빗나갔고 다시 두 발을 더 쏘자 15분쯤 뒤 표돌이는 마취 상태에 들어갔다. 창살 밖에서 긴 장대로 건드려도 일어나지 않는 것을 확인하고 여럿이서 트럭에 태워 동물병원에 데려왔다.

　　호흡마취를 하기 위해서 호흡기관에 관을 삽입하는데 입안의 연구개가 늘어져 기관이 시작되는 후두가 보이지 않았다. 시간은 가고 있는데 표돌이가 깨어날까 진땀이 났다. 여러 번의 시도 끝에 기관튜브를 삽입하자 이번에는 호흡이 없었다. 급히 인공호흡기를 켜고 호흡마취를 유지하면서 혈압, 산소 농도 등의 신체 신호를 모니터링했다. 신체 신호를 감시하면서 꼬리의 상처를 소독하고 봉합하였다. 꼬리의 피부는 잘 늘어나지 않아 당기서 봉합하는 것도 쉽지 않았다.

　　수술이 끝나고 기관튜브와 수액을 유지한 채 표돌이를 다른 표범인 직지의 집으로 옮겼다. 직지가 쓰던 집에 데려다 놓으면 새로운 장소를 탐험하느라 자신의 꼬리에 덜 신경 쓸 것 같았다. 직지는 표돌이의 집으로 옮겼다. 표돌이는 회복제를 맞았는데도 불구하고 마취에서 회복되는 시간이 길었다. 수술 중 검사한 혈액의 신장 수치가 높았다. 노년이 된 표돌이의 신장은 마취 약물을 빠르게 배출할 만큼 건강하지 않았던 것이다. 몇 시간이 지나 표돌이는 몸을 움직였고 우리는 퇴근했다.

2주가 채 안 되어 봉합한 상처 부위가 터졌다. 다른 동물원에서는 상처가 깊어지다가 꼬리뼈가 보여 결국 꼬리를 절단한 경우도 있었다고 들었다. 그래도 봉합한 피부 밑에 살이 차올라 있었다. 비록 피부가 붙은 것은 아니였지만 효과가 분명 있었다. 다시 마취해서 봉합하기로 했다. 표돌이가 있는 직지의 집은 넓고 장해물이 많아 입으로 마취주사기를 부는 블로우건을 사용할 수 없었다. 대신 맹수가 탈출하는 경우에 쓰는, 탄소압축가스로 발사되는 마취총을 사용하기로 했다. 탈출을 대비하여 정지된 과녁에 연습해 본 적이 있으나 실제 사용하는 것은 처음이었다.

눈치를 챈 표돌이가 주위 장해물로 자신을 엄폐하면서 마취총을 겨누고 있는 나의 시야를 자꾸 벗어났다. 잠시 후 더이상 회피하는 것이 소용없다고 느낀 표돌이는 나에게 덤벼들었다. 순간 달려드는 표돌이의 앞다리에 마취주사기를 꽂았다. 10분 뒤 잠든 표돌이를 다시 병원으로 옮겨 서둘러 봉합수술을 했고 신장에 도움이 되길 바라며 충분한 양의 수액을 혈관에 넣어 주었다.

추석 연휴, 상처의 봉합된 부분이 아직 유지되고 있고 식욕도 좋다고 담당 사육사가 동물원 업무 채팅방을 통해 전해왔다. 어쩌면 절단하면 간단해졌을 표돌이의 꼬리를 살리려한 이유를 생각해 본다. 전시동물로서의 미적 가치 때문일 수있겠지만 그 이상이 있을 것 같다. 어미의 젖을 먹고 자란 표돌이는 야생성이 강하다. 마취총을 끝까지 회피하지 않고 마지막 일격으로 승부를 거는 표돌이의 행동은 '죽일 수는 있어도 굴복시킬 수는 없다'고 말하고 있었다.

매화무늬가 새겨진 꼬리를 잘 낮게 해서 한때 한반도를 호령했던 맹수의 자존심을 지켜주고 싶다. 지금은 비록 연약한 인간이 만든 창살 안에 갇혀 있지만 말이다.

얼룩말과 미니말

동물원에는 나이 많은 얼룩말 제니가 있었다. 대부분의 초식동물처럼 얼룩말도 무리를 이루는 동물이기에 홀로 있는 제니를 위해서 어린 암컷 하니를 들여왔다. 하니는 광주의 한 동물원에서 태어났고 세상에 나온 지 1년이 채 안 된 새끼 얼룩말이었다. 낯선 곳에 온 어린 하니는 제니를 엄마로 여겼는지 제니의 뒤를 졸졸 따라다녔다. 야생동물은 같은 종이라도 새로운 개체가 접근하면 경계하게 마련이지만 제니는 처음부터 자기를 따르는 하니를 싫어하지 않았다.

제니는 만성 발굽질환을 앓고 있었는데 평소에는 잘 지내

다가 병이 재발하면 진통제를 먹여도 통증이 있어 다리를 절룩거렸다. 그런 날은 제니가 하니를 귀찮아했지만 하니는 좀처럼 떨어지지 않으려고 했다. 2016년 봄에 하니가 왔고, 두 얼룩말은 사이좋게 지냈다. 2018년 12월, 추운 겨울날 제니는 대퇴골절의 후유증으로 안타깝게도 폐사하였다. 제니의 동물 자력카드에 퇴원이라고 적었다. 늙고 병드는 생명이기에 동물원 동물의 가장 많은 퇴원 사유는 폐사다. 하니는 제니가 없어진 이후 2주 동안 울어댔다.

홀로 남겨진 하니는 제니 대신 사육사에 의존하게 되었고 사육사가 퇴근하고 아무도 없는 시간이면 그만큼 더 우울해 보였다. 얼룩말 하니는 겨울에는 추위를 견딜 수 없어 좁은 내실에 갇혀 지낸다. 그런 이유로 하니가 청주동물원의 마지막 얼룩말이길 바랐지만 홀로 지내는 하니를 위해선 대책이 필요했다. 2019년, 동물농장에 셰틀랜드포니^{Shetland pony}인 향미와 동백이가 들어왔다. 얼룩말의 반 정도 되는 작은 미니말들이었다. 같은 말과인 향미와 동백이를 얼룩말사로 데려와 같이 키우기로 했다. 종과 크기가 달라 걱정도 됐지만 잘 어울릴 수 있다면 하니의 정신 건강에 좋을 것으로 기대했다. 동물농장에서 얼룩말사까지 오는 동안 향미와 동백이는 겁을 많이 냈다. 특히 빗물이 내려가는 수로를 덮은 철제 구조물을 건너는 것을 두려워했는데 오는 길에 이 구조물이 10개나 있는 줄은 미처 몰랐다. 구조물을 건널 때마다 버티는 말들의 엉덩이를 밀며 겨우 데려와 얼룩말사에 넣었다. 한동안 말사 중간에 임시 울타리를 놓아 물리적인 접촉은 피하면서 서로 얼굴과 체취를 익히게 했다. 이 정도면 됐다 싶어 얼마 뒤 막았던 중간문을 열었다. 서로에게 큰 관심은 없어 보였지만 같이 사는 데는 문제가 없어 보였다.

얼룩말사는 운동장이 좁고 내실 바닥은 시멘트로 되어 있어, 예전부터 얼룩말들이 발굽질환에 자주 시달렸던 장소였다. 문제를 해결하기 위해 말들이 뛰어다닐 수 있는 넓은 말사를 기존 말사에서 멀지 않은 곳에 새로 만들었다. 그런데 요즘 들어 얼룩말과 미니말이 먹이통 주변에서 서로를 밀치며 경쟁하곤 했다. 사육사들과 상의한 끝에 새로운 말사에는 우선 하니를 데려가고 상황을 봐서 향미와 동백이를 합사하기로 결정하였다. 하니는 진정제를 맞자 잠시 후 고개를 떨구었다. 눈을 수건으로 가리고 새로운 말사로 데려갔다. 새 말사의 넓은 바닥에는 뜯어먹기 좋게 풀이 자라 있었다. 하니는 며칠 동안은 평소 지급되는 건초에 관심이 없었다.

바닥의 풀이 다 없어질 무렵의 새벽, 긴급전화가 왔다. 하니가 울타리를 넘었다는 것이었다. 차를 몰아 동물원에 도착했다. 야간 당직을 서고 있던 수의사는 하니가 멀리 가지 않도록 지키고 있었다. 하니는 놀란 표정으로 동물원 여기저기를 뛰어다니고 있었다. 동물원의 동물은 울타리 밖을 나오면 익숙지 않은 환경에 당황해 부상을 입기도 한다. 또한 예민해진 동물이 사람을 다치게 할 수도 있다. 일단 응급상황에 대비해서 진정제 주사를 준비해 놓고 하니의 행동을 지켜보았다.

하니는 향미와 동백이가 있는 기존 얼룩말사에 들어가고 싶어 하는 듯이 있다. 뒤편에 내실로 통하는 문을 열어두었으나 놀란 하니가 모퉁이를 돌아야 보이는 문을 찾기는 힘들어 보였다. 얼룩말사 울타리 한쪽에는 평소 쓰지 않은 녹슨 문이 있었다. 자물쇠도 녹이 슬어 열쇠로 열리지 않았다. 망치로 연거푸 내리치자 겨우 열렸다. 사육사 서넛이 하니를 열린 문으로 유도하자 용케 문을 발견하고 껑충 뛰어 들어갔다. 향미와 동백이는 무심한 표정으로 하니를 바라보았다. 시간이 지나면서 하니는 익숙했던 얼룩말사에서 안정감을 찾아갔다.

지금도 하니가 새로운 말사를 왜 나왔는지 궁금하다. 맛있는 풀을 다 먹고 나서 바깥에 자란 다른 풀이 간절했을 수도 있다. 마침 그날 주변 풀을 깎던 제초기 소리에 놀랐을지도 모르고, 향미와 동백이와 같이 살던 익숙한 공간이 그리웠는지도 모른다. 이유야 어떻든 동물사 밖을 나온 하니는 자유로웠지만 어디로 가야 할지를 몰랐다. 동물원에서 태어난 하니처럼, 동물원에는 자연으로 돌아갈 수 없는 동물들이 대부분이다. 시간이 흘러 하니가 하늘에 있는 제니를 만나기 전까지는 향미, 동백이와 서로 의지하며 신체적 고통과 정신적 두려움 없이 살다 가기를 바랄 뿐이다.

표범 직지

동물원에는 직지와 표돌이라는 두 마리의 표범이 있다. 직지와 표돌이는 형제지만 성격은 다르다.

　우리나라에도 예전부터 표범이 자생했었는데, 조선시대까지 큰 문제가 되었던 호환虎患의 대부분이 표범에 의한 것이었다고 한다. 요즘은 상상도 못 할 일이지만, 표돌이의 야성적인 모습을 보면 옛사람들이 호환을 두려워한 이유가 짐작이 간다. 표돌이는 사육사가 철망의 구멍을 통해 주는 닭고기를 으르렁거리며 순식간에 낚아채간다. 방심하면 구멍으로 표돌이의 발이 나와 할퀼 수 있기에 사육사들은 표돌이 앞에서는 긴장을 놓지 않는다. 반면 직지는 성격이 온순해 수의사인 나를 반기는 동물원의 유일한 맹수이기도 하다.

2005년 맹수 사육사로부터 급한 전화가 왔다. 어미 표범이 얼마 전 두 마리의 새끼를 낳아 기르고 있었는데 새끼 한 마리가 피를 흘린다는 것이었다. 자세히 들여다보니 어디에 베였는지 오른쪽 다리가 많이 찢겨 있었다. 고민스러웠다. 그냥 놔두기에는 상처가 크고, 치료를 위해서 사람의 손을 타기 시작하면 어미가 기르지 않을 가능성이 높았다. 결국 어미에게서 떼어내 치료를 시작했고 어미 대신 사육사가 고양이 분유를 먹이는 인공포육을 시작했다. 두 시간마다 분유를 먹여야 하는 사육사의 밤은 길고 고단했다. 다행히 새끼 표범은 분유가 담긴 젖병을 빨았고 상처도 아물었다. 예전부터 호랑이 인공포육을 수차례 했던 사육사는 호랑이에 비해 표범은 잘 길들여지지 않는다고 했다.

이 새끼 표범이 이유식을 먹을 무렵, 연예인과 닮은 동물을 매칭해 주는 TV 프로그램에 출연하게 되었다. 방송에 출연하기 전에 이 새끼 표범에게 직지라는 이름을 지어주었다. 직지는 청주에서 만들어진 세계 최초 금속활자본인 『직지심체요절』에서 따왔다. 표범의 이름으로는 조금 생뚱맞지만 청주시에 소속된 우리 동물원은 동물을 통해 시정을 홍보해야 한다는 의무감이 있었다. 방송에 출연하자 직지는 곧 사람들에게 알려졌고 직지를 보러 동물원에 오는 관람객도 늘었다. 직지의 인기가 높아지자, 동물원에서 가장 잘 보이는 별도의 공간에 직지를 두었다. 특별한 관심 속에 직지는 생각보다 빠르게 성장했고 안아보면 묵직함이 느껴졌다.

직지는 낮 동안은 관람객의 시선에 놓여 있다가 밤이 되면 잠을 자러 내실로 들어가곤 했다. 어느 날 담당 사육사가 쉬는 날이라 내가 대신 직지를 내실로 들여놓기로 했다. 무거워진 직지의 등 피부를 두 손으로 집어 올리자 놀란 직지는 나의 손목을 물고 말았다. 손목 안에서 직지의 날카로운 위아래 송곳니가 만났고 뚫린 구멍으로 움직이는 힘줄이 보였다. 본능으로 그런 것이지만 뭔가 잘못된 걸 느낀 직지는 내실로 도망갔다. 나도 병원에 실려 가서 응급치료를 받았다. 내 왼쪽 팔

목에는 아직도 그때의 흉터가 있다. 예전에는 표범에게 물린 상처를 자랑삼아 보여주기도 했는데 지금 생각해 보면 동물의 행동을 예상하지 못해서 발생한 일이다.

어린 직지를 길렀던 사육사도 어느덧 퇴직하고 어른 맹수가 된 직지는 전시장에서 철창이 견고한 좁은 사육장으로 옮겨졌다. '갇혔다'라는 표현이 가슴 아프지만 정확하다. 철창 사이로 내민 내 손이 반가워 얼굴을 비벼 보지만 그 이상은 다가갈 수 없다. 좁은 사육장에 홀로 남은 직지는 같은 장소를 의미 없이 왔다 갔다 하는 정형 행동이 시간이 갈수록 심해졌다. 직지는 그 후로도 10년을 좁은 사육장에서 갇혀 지냈다. 2017년 직지의 정형 행동을 교정하기 위해 서로 떨어진 사육장 두 곳을 다리로 연결하여 직지의 활동반경을 넓혀주는 개선사업을 하였다. 1억이 조금 넘는 적은 예산이었지만 내가 동물원에 들어온 이후 가장 큰 규모의 예산이기도 했다.

직지를 부르면 반대편 사육장의 통나무를 타고 올라 다리를 건너 나에게 다가온다. 관람객들은 자신들의 머리 위를 지나 성큼성큼 걸어오는 표범을 보고 탄성을 지른다. 다리에는 명패가 붙어 있다. "하늘을 걷는 표범". 다리 위에 앉아 있는 직지를 올려다보면 구름이 흘려가는 파란 하늘과 겹쳐 보인다. 자유롭게 갈 곳이 많아지자 정형 행동이 눈에 띄게 줄었고 피부와 털에도 윤기가 흐른다. 잘 먹고 운동하니 몸이 건강해지는 것은 당연하다.

일 년에 한 번 맹수들은 건강검진을 위해 마취주사를 맞는다. 맹수들은 아픈 주사를 놓는 수의사를 무척 싫어한다. 그런 나를 유일하게 반기는 동물이 직지다. 직지만은 좋은 관계를 유지하고 싶어 다른 수의사에게 주사를 부탁한다. 일이긴 하지만 동물들이 점점 나를 경계하고 화를 내는 것을 보는 일이 축적되어 은근히 마음의 상처가 된다. 동물에 대해 최대한 이성적으로 판단해야 하는 수의사로서 동물에게 감정을 섞지 않으려고 노력하지만 쉽지만은 않다.

직지도 표돌이도 올해로 만 15살이 되었다. 동물 나이로는 노년에 접어든 셈이다. 얼마 전 사납기만 했던 표돌이가 무

료한지 나뭇가지로 장난을 치고 있었다. 야생동물을 소유의
대상으로 표현하는 것 같아 '귀엽다'라는 표현을 자제하지만
장난치는 표돌이가 귀여웠다. 표돌이는 내가 보고 있다는 것
을 눈치채고는 흠칫 놀라며 언제 그랬냐는 듯이 나뭇가지를
내려놓고 맹수 본연의 야성적인 눈빛으로 나를 응시했다. 즐겁
게 마저 놀기를 바라며 얼른 자리를 피했다.

동물원 이야기

남극에서 보내는 편지

"바다에 가지 않고 바다를 상상할 수 없다면 바다에 가서도 바다를 느낄 수 없다."

혹한, 빙하, 펭귄, 고래, 물범…. 남극에 오기 전부터 상상 했던 이미지들이다. 2019년 11월, 펭귄들과 겨울을 보내기 위 해 남극으로 향했다. 매일 아침 남극 세종기지의 창문을 통해 빙하와 유빙이 바다에 떠다니는 모습을 보지만 기상 모니터는 영하 1~2도를 유지하고 있다. 한낮에는 간혹 영상으로 올라가 는데 바야흐로 남극의 여름이다.

우리가 펭귄을 연구하는 곳은 세종기지에서 걸어서 40분 거리에 있는 남극 특별보호구역 171번 나레브스키 포인트이다. 일명 펭귄 마을이라고 불린다. 남극의 여름은 펭귄의 번식기인데 바닷가 언덕에 몇 천 마리의 펭귄이 둥지를 튼 모습이 장관이다.

주로 보이는 펭귄 종은 턱에 모자 끈처럼 무늬가 있는 턱끈펭귄, 부리에 붉은색 립스틱을 바른 것 같은 젠투펭귄이다. 균형을 잡기 위해 두 날개를 뒤로 펴고 뒤뚱거리는 모습이 무척 사랑스럽다. 그러면서도 극한의 환경에서 새끼 양육을 위해 애쓰는 모습에 애잔한 마음이 들기도 한다. 펭귄은 암수가 며칠씩 번갈아가면서 알을 품는데, 교대하고 바다로 나간 펭귄은 며칠 동안 잠도 자지 않고 남극 바다의 풍부한 크릴새우를 배불리 먹고 돌아온다.

남미 외 있는 서울내 펭귄 모니터링팀에 의하면 최근 새끼들의 3분의 1가량이 부화했다고 한다. 새끼를 기다리는 것은 어미들뿐만이 아니다. 자이언트 패트롤^{giant patrol}이란 큰 새는 새끼 펭귄의 포식자로 펭귄들의 둥지에서 멀지 않은 곳에 자신들의 알을 부화하고 있다. 자신의 새끼를 먹이기 위해서는 펭귄의 새끼들이 많이 태어나는 계절이 유리하기 때문이다. 또 도둑갈매기는 아예 펭귄 둥지에서 같이 기거하다가 틈을 노려 알을 훔쳐 가기도 한다. 자연의 균형 감각이란 냉혹하지만 경이롭다.

펭귄 마을로 가는 길에는 먼바다에서 고래가 물을 뿜는 모습이 보이기도 하고 땅에서는 몸무게가 400kg 쯤 되어 보이는 코끼리물범이 자고 있는 모습을 자주 볼 수 있다. 큰 덩치에 폐가 눌리지 않게 옆으로 누워서 자는데 다가가도 여전히 깨지 않는다.

우리 연구팀은 펭귄 행동 권위자인 극지연구소 이원영 박사가 이끌고 있으며 프랑스 국립과학연구소 뇌파 연구자인 폴 앙투앙 리부렐 박사가 함께 하고 있다. 비행기로 30시간 넘게 날아온 설렘은 잠시였다. 도착한 다음 날부터 주먹밥을 싸들고 다니며 눈보라와 강풍에 맞서 밤까지 일하는 것은 쉽지 않은 일정이지만 우리 팀 모두 세계 최초의 해양동물 뇌파 연구에 임한다는 자부심으로 함께 하고 있다.

남극에 도착한 후 당혹스러웠던 것은 입국 허가도 여권 도장도 필요 없다는 것이었다. 남극은 누구의 땅도 아니었다. 우리나라를 비롯한 여러 국가에서 남극 조약을 맺고 자율적으로 남극의 환경을 보호하고 있다. 우리 팀도 야외에서 먹은 컵라면 국물 한 방울까지도 기지로 회수해 온다.

기지에 오래 계셨던 분들이 말씀하시길 세종기지 앞바다의 빙하가 녹아 해마다 10m씩 멀어진다고 한다. 신문에서 본 남극 온난화는 호들갑이 아니라 눈앞에 보이는 명백한 사실이었다.

내일이면 남극을 떠난다. 2주 동안 함께 일한 사람들과 가출하 송별회를 했다. 빙하 조각들이 바다로부터 흘러와 기지 앞에 자주 놓인다. 주변부를 깨내고 가장 깨끗해 보이는 안쪽의 얼음을 꺼냈다. 우주의 시간으로 만들어진 얼음이라 그런지 신비한 푸른빛이 돌았다. 숙소 창문 밖에서 부는 차가운 바람을 맞은 소주에 푸른색 얼음을 넣어 만든 빙하주 한 잔에 우리의 이별은 아쉽기만 하다.

동물원 이야기

물새장 백로

동물원 물새장에는 스물네 마리의 백로가 살고 있었다. 백로들은 평소에는 나무 위에 앉아 있곤 했다. 사람이 가까이 다가갈 때만 놀라서 물새장을 날았다. 물새장은 백로가 날아서 한 바퀴 돌 수 있는 꽤 큰 면적이었지만 물새장 철망을 들어 올리는 기둥이 하나라 높아질수록 좁아지는 원뿔형 공간이었다. 백로가 높이 날 때면 회전 공간이 작아 날개 끝이 철망에 스치는 소리가 들렸다.

물새장 밖에도 백로들이 찾아왔다. 여름이면 눈 밝은 백로들이 물새장에 있는 친구들을 포착하고 근처 언덕으로 내려오곤 했다. 때로는 몇 달씩 물새장 옆 언덕에 머무르면서 백로 서식지를 방불케 했다.

　물새장 안팎의 백로들은 서로를 부러워하는 모양이었다. 야생 백로들은 사람들에게 먹이를 공급받는 사육 백로들이 부러운지 한참 동안 물새장 안쪽을 바라보곤 했다. 반면 물새장 안의 사육 백로들은 야생 백로처럼 나가서 자유롭게 날고 싶은 듯 물새장 안쪽에서 망을 잡고 집요하게 매달려 있기도 했다. 갖지 못한 것을 갖고 싶어 하는 건 인간과 다르지 않아 보였다.

　동물원에 백로가 오게 된 사연은 꽤 슬프다. 2000년대 초만 해도 동물원은 그저 사람들이 놀러 와서 신기한 동물을 구경하는 곳이었다. 한마디로 사람들의 볼거리를 위해서 동물들의 희생이 요구되어도 지금처럼 비난을 크게 받지 않던 시기였다. 그 무렵 지금의 물새장이 지어졌고 전시할 새의 종류를 늘리기 위해 야생동물을 포획하여 파는 동물판매업자에게 백로 구입을 의뢰했다. 당시에는 몰랐지만 시간이 지난 후 판매상의 이야기를 들을 수 있었다. 판매상은 청주의 한 야생 백로 서식지에 들어가 둥지가 있는 나무를 흔들었고 떨어지는 새끼 백로들을 주워 왔다고 했다. 떨어져서도 살아남은 새끼들은 동물원에 팔렸다. 이 중에서도 동물원의 좁은 새장에서 살아남은 새끼 백로들만이 물새장에 전시됐다.

시련은 계속되었다. 북풍이 몰아치는 산속 동물원의 겨울 추위는 여름 철새인 백로가 감당하기에는 혹독했고 얼어 죽는 백로가 늘어났다. 동물원 직원들은 차가운 눈비와 바람을 피할 비닐하우스를 급하게 지어야 했다. 마지막까지 살아남은 새끼 백로들은 동상으로 발가락이 짧아졌다. 그렇게 세월은 흘러 새끼 백로들도 성체가 되었다. 물새장이 만들어졌을 때 심었던 어린 나무들은 사람 키보다 훨씬 높게 자랐고 번식 적령기가 된 어린 백로들은 본능에 따라 나무에 둥지를 짓고 새끼를 낳아 길러냈다.

백로가 동물원으로 온 지 20년이 흘렀다. 우리는 백로를 자연으로 다시 돌려보내기로 결정했다. 2020년 2월, 백로들을 살리기 위해 만들었던 비닐하우스를 이용해서 백로들을 포획하였다. 방사가 가능할지 알아보려고 백로들은 건강상태를 점검 받았다. 그리고 적절한 시기에 방사하기 위해 몇 그루의 소나무가 있는, 물새장보다 작지만 재포획이 쉬운 새장으로 자리를 옮겼다. 백로들이 올라앉은 소나무는 5월이 와도 눈 덮인 듯 새하얬다. 영문을 모르는 백로들은 지급받은 미꾸라지를 재빨리 먹고 다시 나무 위로 올라갔다. 날씨가 화창한 5월 어느 날, 방사한 백로들을 알아볼 수 있게 개체 식별용 발목 가락지를 채웠다. 백로들을 한두 마리씩 종이상자에 담아 싣고 충남 서산시 일원으로 출발했다.

백로들의 생존력을 높이기 위해서 방사지는 먹이가 풍부하고 포식자 등의 위험요소가 적어야 했다. 황새 방사 경험이 많은 한국교원대 황새생태연구원 김수경 박사가 방사지를 선정해 주었고 방사 당일에도 동행하였다. 도착해서 주변 경관이 트이며 보는 강이 흐르고 앞은 탁 트인 농경지였다. 백로가 먹이를 쉽게 찾을 수 있을 것이었다. 주변의 산은 나무도 높아서 백로가 앉아서 쉬거나 둥지를 만들기도 적당해 보였다.

　백로들을 담은 종이상자들을 차에서 내려 일렬로 정렬하고 차례대로 상자를 열었다. 갑자기 밖이 환해지자 백로들은 순간 어쩔 줄 몰라 했지만 이내 상자 위를 날아올랐다. 오월의 태양은 대지를 데웠고 열이 오른 대지는 상승기류를 만들어 냈다. 날아오른 24마리의 백로들은 상승기류를 타고 회오리로 돌며 금세 구름 위로 올라갔다. 하얀 구름에 백로가 겹쳐져 잘 보이지 않았다. 구름 속 수증기만큼이나 가벼워질 수 있는 존재들이었는데 오랜 시간 무거운 철망에 눌려 앉아 있었을 백로들에게 미안했다.

　시간이 지나고 나면, 백로들은 먹이를 찾아야 하는 고달픔에 동물원 생활을 그리워할까? 여러 생각이 들었지만 이내 머릿속을 지워 내고 가벼워진 백로가 사라질 때까지 바라만 보고 싶었다.

동물원 이야기

사자 도도

동물원에 오는 꼬마 친구들이 자주 하는 질문이 있다.

"사자와 호랑이가 싸우면 누가 이겨요?"

밤에 동물원 숙직을 서다 보면 전화기 너머 술 한잔에 얼근해진 목소리로 어른들이 꼬마들과 같은 질문을 한다. 친구와 2차 내기를 했는데 물어볼 곳이 동물원밖에 없다면서 늦은 밤 걸려온 전화다.

"음…. 시베리아 호랑이가 아프리카 사자보다 몸무게가 많이 나가 유리할 것으로 생각되지만 야생에서는 사는 곳이 달라 싸울 일이 없습니다."

사자와 호랑이는 각 대륙의 최상위 포식자로 사람들이 이를 궁금해 하는 것도 무리는 아니다. 사자는 사냥할 때 시속 80km로 달릴 수 있고 잡은 초식동물의 목뼈를 부러뜨릴 정도로 치악력이 강하다. 그런 강한 사자에게도 생물의 숙명인 생로병사가 있다. 동물원에는 암컷 도도와 수컷 먹보가 살고 있는데 사이가 좋다. 사자사 내실에는 침상이 두 개 있다. 한 마리가 누우면 알맞은 크기인데 도도와 먹보는 다른 침상은 비워두고 같은 침상에서 붙어서 잔다. 두 마리가 누워서 좁아진 침상에선 어쩔 수 없이 먹보가 돌아 누운 도도의 몸에 다리를 올릴 수밖에 없다. 이런 둘의 모습은 꼭 끌어안고 있는 것처럼 보인다.

지난 겨울 입사 사자 노노의 식욕이 갑작스럽게 떨어졌다. 겨울철 사자는 식욕이 왕성하기 마련인데, 이상한 징후였다. 마취해서 검사를 해 보니 세균 감염이 의심되는 백혈구 수치가 증가하였고 체온도 높았다. 복부를 촉진해 보니 딱딱한 이물이 만져졌다. 암컷 사자에게 생길 수 있는 질병에 관한 논문을 검색해 보았다. 임신과 출산 경험이 없는 사자에게 발생하는 자궁 축농증이 의심됐다. 자궁 축농증은 개와 고양이에게도 자주 발생하는데, 자궁 안에 세균이 증식하고 농이 차 시간이 지나면 패혈증으로 폐사할 수도 있다. 의심이 되는 원인을 확인하기 위해 충북대 수의대 영상 진단학과 교수에게 협진을 요청하였다. 초음파 사진을 본 교수는 도도의 자궁 축농증을 확진한 뒤 세균 동정identification을 위해 자궁에서 시료를 채취하였다. 동정된 세균을 효과가 있는 항생세토 처치히고 좀 더 지켜보기로 했다.

쉬는 토요일, 다른 지역으로 가족여행을 떠나는 중이었다. 동물원에서 다급한 전화가 걸려왔다. 도도가 심하게 구토를 하고 있다는 내용이었다. 딸과 아내를 달래 집에 바래다주고 동물원으로 향했다. 달리는 차 안에서 수의대 산과 교수와 통화를 하며 도도를 살리기 위해선 내일 당장 수술이 필요하다는 결론을 내렸다. 대형 고양잇과 복강수술을 한 경험이 있는 다른 동물원 수의사들에게서 배 중앙을 절개하여 자궁을 꺼내는 정중 절개에 실패했던 경우를 들을 수 있었다. 실패한 가장 큰 이유가 사자와 같은 대형 고양잇과 동물은 복압이 강해 수술 후 봉합한 부분이 터지게 된다는 것이었다. 소중한 정보였다. 산과 교수도 늘 하던 대로 정중 절개를 할 생각이었지만, 다른 수의사들의 실패담을 듣고 난 뒤에는 옆구리 측면 절개로 접근하기로 했다. 그날 밤 CCTV로 본 도도는 몸에 열이 났는지 차가운 바닥에 누워 있었다.

다음날 도도는 통증으로 예민해져 있었다. 도도를 블로우 건 주사기로 쏘아 마취한 뒤, 동물원의 동물병원으로 옮겼다. 장시간의 수술이 예상되어 도도의 호흡기관에 튜브를 꽂고 호흡 마취를 시작했다. 산과 교수는 계획대로 옆구리로 접근하였고 상처가 빨리 아물 수 있도록 최소한으로 절개했다. 복부를 열자 부풀어 오른 자궁이 눈에 들어왔고 파열된 자궁에서는 농이 디기 니배 복강에 오염되어 있었다. 며칠 더 두었다면 폐사할 수 있는 상황이었다.

　　체온과 비슷한 온도로 데운 생리식염수로 복강을 세척하고 석션기로 빨아들이기를 5차례 반복하였다. 절개 부위의 장력을 버틸 수 있게 시판 중인 실 중 가장 두꺼운 실로 여러 번 봉합하였다. 과거 예민한 고양잇과 동물을 치료하던 중 통증과 스트레스로 인해 소화기 질병으로 폐사했던 경험이 있었다. 통증의 예방을 위해 강하고 지속적인 진통효과가 있는 붙이는 마약성 패치를 사용하기로 하였다. 문제는 몸이 유연한 도도가 이 패치를 떼어낼 수도 있다는 것이었다. 고민 끝에 도도의 등 부위의 피부를 주름지게 하여 패치를 넣고 봉합하였다. 마약성 패치의 효과가 있었는지 도도는 며칠 동안 약에 취해 몽롱해져 움직임이 별로 없었다. 봉합한 상처가 아무는 가장 중요한 시기여서 도도가 가만히 있어 주는 것이 오히려 다행이었다.

　　일주일이 지나 재검사가 필요했다. 도도는 다시 마취주사를 맞았다. 상처가 좀 부풀었지만 치유가 되고 있었다. 가장 중요한 자궁 초음파 검사를 하였다. 산과 교수는 당시 최소 절개로 인해 손이 미치지 않아 남겨놓은 자궁의 일부분에 문제가 있을까 걱정하였다. 다행히 우려했던 것은 기우였다. 그제야 산과 교수의 얼굴이 환해졌다. 개와 고양이에게는 수없이 반복한 수술이었지만 사자의 수술은 큰 부담이었다고 했다. 수술한 지 2주가 지나자 도도는 완전하게 회복된 것처럼 보였고, 예전의 왕성한 식욕도 되찾았다. 그렇게 대형 고양잇과의 자궁 적출 수술을 국내 최초로 성공했다. 한 생명을 살리기 위해 기꺼이 달려와 준 수의대 교수들, 자신들의 실패를 인정하면서까지 도도의 수술 성공을 기원해 준 다른 동물원 수의사들이 고마웠다.

요즘 무료한 도도의 동물원 생활을 위해서 담당 사육사는 가지고 놀 수 있는 장난감을 만들어 주고 있다. 어느 카페에서 보내준 커피콩 자루에 건초를 넣어 높이 매달아 주었는데 어느 날 사육사가 영상 하나를 보내주었다. 영상 속 도도는 땅을 박차고 날아올라 발톱으로 자루를 낚아채고 있었다.

숙직을 서면서 사자사의 CCTV를 본다. 도도와 먹보는 여전히 다른 침상을 비워두고 한 침상을 사용한다. 동물원 숙직

실로 엉뚱한 질문을 하는 전화가 온다면 묻지도 않은 사자 이야기를 길게 할지도 모르겠다.

동물원 이야기

동물의 탄생

모든 생명의 탄생은 축복받아야 하지만 동물원의 동물은 그렇지 않은 경우가 많다. 귀여운 새끼 동물의 탄생은 모두가 반가워 하지만 동물이 나이가 들면 그 관심이 자연스레 떨어진다. 특히 가축이 그렇다.

동물원 동물농장에는 흰 염소들이 있다. 흰 염소들은 근거리 관람이 가능한데, 아이들이 주변의 풀을 뜯어다 내밀며 히 ▓▓▓는 만걸음에 달려온다. 먹이 주는 것을 원칙적으로 제한하지만 평소 먹는 건초보다 영양이 풍부하고 맛좋은 칡잎을 내미는 고사리손은 모른 척 한다.

오래전 염소의 개체 수가 늘자 가축인 염소를 일반인에게 매각하는 공고를 냈었다. 조금만 생각해 보면 나이든 염소를 누가 데려갈지 예측할 수 있었고, 가게 될 염소에게 미안했다. 그 일은 동물원 동물의 번식제한을 처음으로 생각하게 된 계기였다. 그때부터 동물들의 불임수술을 하기 시작했고, 흰 염소 새끼가 마지막으로 태어난 지도 오래되었다. 지금 동물농장에는 세월에 따라 자연스럽게 뿔이 휘어지고 눈매가 선한 할머니 염소들이 살고 있다.

표범 직지도 정소를 적출하는 중성화 수술을 받은 지 오래다. 10년 전 쯤부터 서울동물원을 중심으로 호랑이나 표범 등의 전국 가계도를 작성하기 시작했다. 그전까지는 동물의 신분증과 같았던 지력카드에 표기된 아종(지역종)을 그대로 믿었고 외관을 보고 이를 확인하는 정도였다. 그런데 분자생물학 전공자들이 동물원에 들어오게 되면서 유전자 검사를 통해 아종을 구분할 수 있게 되었다.

서울동물원과의 유전자 정보 교환을 위해 청주동물원의

표범들의 유전자를 검사해 보니 암컷은 북중국표범, 수컷은 인도표범이었다. 둘 사이에서 태어난 직지와 표돌이는 쉽게 말해 잡종이었다. 그 후 수컷 직지와 표돌이는 새끼를 갖지 않도록 중성화 수술을 받았다. 국내 동물원에는 아직 근친교배로 태어난 동물들과 잡종 야생동물들이 꽤 있는 것으로 알고 있다. 동물원들이 멸종위기동물의 종 보전을 위해서 역할을 하려면 번식제한이 선행되어야 한다.

불임수술에는 정소나 난소를 제거하는 중성화와 달리 수컷의 정관을 자르고 묶어 정자의 이동을 막는 정관결찰술이 있다. 사람으로 치면 청소년기에 대전에서 온 수컷 사자 먹보는 성체가 되면서 머리 주변에 멋진 갈기를 갖게 되었다. 그런데 서울에서 암컷 사자 도도가 오면서 번식제한이 필요하게 됐다. 현실적으로도 새끼를 낳게 되면 비좁은 사자사에 밀집 사육을 해야 하고, 다른 동물원에도 이미 사자이 너 너 넣바 이 새이 보낼 곳이 없었다. 결국 정소를 적출하는 중성화 수술을 하게 되었다.

뭔가 잘못된 것을 안 것은 몇 달 후였다. 남성호르몬이 줄면서 사자의 상징인 갈기가 모두 빠져버린 것이다. 조선시대 환관의 수염이 안 나던 것을 생각하면 당연한 일이었다. 그 후 수컷 사자를 찾는 관람객들에게 설명을 자주 해야 했고 아직도 암사자가 두 마리라고 알고 계신 분들이 많다. 이런 이유로 최근 국내 동물원에서는 사자의 번식제한을 위해 정관결찰술을 하고 있다. 멸종위기에 처한 야생동물을 자연으로 돌려보내기 위한 번식은 장려되어야 하지만, 그렇지 않은 경우 제한 없는 번식은 관리 계획이 없다는 것을 말해 준다.

얼마 전 30살 가까이 된 일본원숭이 한 쌍 중 수컷이 정관결찰술을 받았다. 동물들은 대부분 사람과 달리 폐경이 없다는 것을 알고 있었지만, 새끼를 낳은 지 10년 가까이 돼서 번식 능력이 없다고 은연중 믿고 있었다. 그러다가 2018년에 햇볕이 잘 들고 좀 더 쾌적한 장소로 일본원숭이들을 옮겼다. 다양한 재료로 풍성해진 식단으로 영양상태가 좋아져서 그런지 예상 밖의 새끼를 낳았다. 우리 동물원은 이미 많은 동물종을 보유하고 있어 선택과 집중을 해야 하는 상황이었기에

외래동물인 일본원숭이는 자연감소가 되기를 원했다. 그런데 새끼 단비가 덜컥 태어난 것이다. 모든 일이 계획처럼 될 수는 없다. 지금은 그저 뛰노는 단비를 바라보는 노부부 원숭이가 별 탈 없기를 바랄 뿐이다.

동물원 이야기

호붐이의 새 보금자리

호랑이 호붐이와 호선이는 2007년에 태어났다. 동물원에서 새끼 호랑이들이 태어났다는 소식은 지역신문에 실릴 만큼 경사였다. 그 당시 전국 동물원의 사육시설에서는 어미가 새끼를 포기하는 경우가 많아 사육사가 밤을 새워 젖병을 물려야 했다. 그런데 성격이 온순하고 사람에 대한 경계가 적었던 암컷 청호는 열악한 시설에서 호붐이와 호선이 남매를 직접 길러냈다. 어미가 기른 호랑이 남매는 그만큼 야생성이 강했다. 그리고 2020년 9월부터 시작한 호랑이사 개선공사가 캣타워 제작을 끝으로 완료되었다.

　　이사를 가기로 한 겨울날, 호붐이에게 블로우건으로 마취 주사를 놓고 새로운 호랑이사로 옮겼다. 회복제를 맞고 깨어난 호붐이는 태어나 평생을 살았던 곳이 달라져서 너무 낯설게 보인 모양이다. 한참 있다가 방사장을 몇 걸음 걸어본 뒤 익숙한 내실로 숨어버렸다. 하루가 지나자 호붐이에게는 낯선 장소의 두려움보다 호기심이 먼저였다. 더 커진 웅덩이의 가장자리를 걸어보고 낯선 물체들의 냄새를 맡았다.

　　2주일 뒤 호선이도 동일한 방법으로 마취하고 호랑이사로 옮겨 왔다. 6개월 전 호랑이사 개선공사가 시작될 때 호선이를 격리 칸으로 옮기기 위해 적용했던 마취제 용량으로 주사기를 쏘았다. 그러나 웬일인지 마취가 되지 않았다. 가뜩이나 주사를 싫어하는 호선이에게 여러 발의 주사를 놓은 뒤에야 겨우 마취가 되었다. 호선이의 체중을 재 보니 좁은 격리칸에서 지내서인지 몸이 많이 불어 있었다. 체중 대비 마취제 용량이 부족했던 것이나. 오붐이와의 합사 전 서로 얼굴을 익힐 수 있도록 호랑이사 내실에 옮긴 뒤 마취 회복제를 놓고 모두 철수하였다. 그런데 그때부터 마취 부작용으로 보이는 전신경련이 시작되었다. 호선이의 지속되는 경련을 바라보며 입 안의 침이 바짝 말라갔다. 회복제를 놓은 호랑이 곁에서 해 줄 수 있는 것은 없었다. 10분 정도가 지났고 경련은 겨우 잦아들었다. 호선이는 조금씩 기운을 차리고 정신이 들기 시작했다. 부작용이 심하면 심폐정지가 일어나는 경우도 있어 위험한 상황이었다. 호선이가 일어나 줘서 정말 고마웠다.

호붐이와 호선이는 남매지만 성체가 되고부터는 각자 홀로 지냈었다. 야생에서 호랑이는 단독으로 사는 동물이기도 하고 혹시 모를 근친번식을 방지하기 위해서도 그동안 떨어져 지내게 했다. 호붐이의 중성화 수술 이후 넓게 확장한 방사장을 두 호랑이가 공유하기 위해 합사를 진행했다. 20일 동안 창살을 사이에 두고 서로의 체취와 모습을 익혔다.

합사 당일 내실 문을 열어 호붐이를 먼저 방사장으로 내보내고 조금 후에 호선이가 나왔다. 어렸을 적 같이 자랐던 것을 기억하는 것일까, 서로의 거리가 가까웠다. 호붐이는 자신이 늘 앉아있던 나무 평상을 호선이가 차지해도 그저 옆에 서 있을 뿐이었다. 방사장에는 높은 나무 기둥이 서 있다. 아빠 호랑이 박람이가 생전에 고통받았던 허리디스크를 예방하는 목적으로 만들어준 피딩폴^{feeding pole}이다. 여기에 고기를 매달아주면 호랑이들이 뛰어올라 먹게 되는데 이때 목과 허리 근육을 운동하게 된다. 박람이가 마지막으로 주고 간 선물이다.

동물원 동물들이 사는 곳을 개선하기 위해 많은 분들이 도움을 주셨다. 다음은 개선 계획서에 결재를 받으며 전한 감사의 편지다. 좋은 일에는 언제나 함께 하는 사람들이 있기 마련이다.

시장님께

야생동물 수의사를 꿈꾸던 대학시절, 실습생으로 시작해서 동물원에 입사한 지 20년이 되었습니다. 입사 초기 동물원의 현실은 좁은 시멘트 바닥에 하루 종일 누워 있는 동물들의 감옥이었습니다. 얼마 전까지 청주동물원에는 국내에서 가장 좁은 곳에 사는 호랑이, 햇빛도 보지 못하고 실내에만 있는 여우가 살고 있었습니다.

시장님께서 이런 동물들을 위한 최소한의 시설 개선은 필요하다고 공감해 주서서 2019년과 2020년 국비 신청(생물자원보전시설)을 허락해 주셨습니다. 지금 호랑이와 여우는 전에는 미처 느껴보지 못한 햇빛과 비를 맞으며 흙바닥을 파고 구르고 장난을 칩니다. 시민들도 그런 모습을 보고 행복해 하실 거라 믿습니다.

10여 년 전 시장님과의 아침 해장국 데이트를 기억합니다. 그때 서의 동물복지 이야기를 들어주셔서 희망을 품고 지금까지 동물원에 있을 수 있었습니다. 동물원의 말 못하는 동물들과 직원들을 대신해서 시장님께 진심으로 감사드리고 싶습니다.

2021. 3. 7 동물원에서 김정호 올림

동물원 이야기

물범 초롱이 이야기

동물원에는 매점이 하나 있다. 매점 사장님은 물범들의 하루를 어쩌면 제일 잘 아시는 분이다. 매점에서 불과 몇 미터 널어진 곳에 물범들이 있기 때문이다. 평일 관람객이 뜸한 시간에 물범의 일과를 관찰하는 것이 사장님의 큰 낙이었다. 낚시찌처럼 물 밖에 머리만 내놓고 까만 눈동자로 응시하는 새끼 물범 초롱이는 사장님의 관심을 끌기에 충분했다. 물론 물범을 관리하는 사육사가 있지만 관찰하는 절대 시간이 많은 사장님에게 초롱이의 안부를 묻기도 했다. 초롱이는 관람객들에게 인기가 있어 초롱이를 닮은 매점의 물범 인형도 많이 팔려 나갔다.

초롱이를 포함한 물범들의 영어 이름은 하버 씰harbor seal이다. 지구 북반구 바다에 폭넓게 살고 있는 물범 종이다. 하버 씰은 해양 포유류답게 바다의 깊은 곳을 누비며 빠른 물고기를 더 빠른 수영으로 잡아먹는다. 20~30분 간의 잠수는 거뜬하다. 한참을 물속에서 있기 위해 심장 박동수는 느려지며 혈중 산소를 최소한으로 소비한다. 생물은 모두 각자의 환경에 적응하며 진화해 왔다는 사실이 새삼 신기하다.

언젠가부터 초롱이가 눈을 잘 뜨지 못했다. 날이 더워지면서 물범들이 살고 있는 풀장의 수질이 나빠진 것이 이유였다. 물범은 물속에서 배변활동을 한다. 그런데 4마리가 한 곳에 같이 살다 보니 비좁은 수조의 물은 아무리 자주 갈아줘도 금방 더러워졌다. 더욱이 몇 해 전부터 지하수가 잘 나오지 않아 수돗물로 대체해야 하는 경우가 많아졌다. 땅속의 물이 부족해 갈수기가 긴 해는 수돗물 값만 몇백만 원에 달했다.

바다에 살아야 할 물범이 지하수와 수돗물에서 살면 여러 문제들이 발생한다. 물론 물고기가 아닌 물 밖에서 숨 쉬는 포유류이기에 민물에서도 살 수는 있지만, 스트레스 등에 의해 면역력이 낮아지면 만성 안질환과 피부병에 걸리기 쉽다. 물고기를 먹이로 줄 때도 1kg당 3g의 소금을 넣어줘야 한다. 냉동 상태로 들여오는 물고기가 해동되면 염분이 빠져나가는 데, 물범은 생리적으로 나트륨 요구량이 육지 포유류보다 높기에 보충이 필요하다. 초롱이의 눈을 치료하기 위해 자극이 되는 햇볕을 가리는 그늘막을 쳐주고 메인 풀장 옆 수조로 격리시켰다. 한 달 동안 세 가지나 되는 안약을 매일 넣기 위해 초롱이와 사육사들은 잦은 실랑이를 했다. 물범 사육사들의 인내로 초롱이의 눈은 호전을 보였다. 그러는 사이 훌쩍 커버린 초롱이의 인기는 예전에 비해 시들해져 갔다.

나이 든 물범들의 여생을 바닷물에서 살게 해 주고 싶어 받아줄 곳을 알아보았다. 다행히 제주 성산포의 대형 수족관에서 받아줄 의사를 보여 추진 중이다. 마음 같아선 서해 바다로 보내주고 싶었으나 유전자를 확인해 보니, 우리 물범은 백령도 물범과는 다른 종이었다. 울산 고래연구소의 해양포유류 연구사는 나이 많은 물범은 야생에 적응하기 힘들다고도 했다.

　　물범이 제주도로 가고 나면, 동물원에 살던 암컷 수달과 더불어 자연에서 구조되었으나 자연방사가 어려운 수달들을 데려올 계획이다. 얼마 전 동물원 근처에서 야생 수달도 발견되었으니 동물원이 나름 수달이 살 만한 환경온도를 제공해 줄 것으로 예상한다. 현재 동물원에 살고 있는 암컷 수달의 집은 워낙 좁아, 사회적 거리두기(?)를 원하는 수줍은 암컷 수달을 직원들조차 좀처럼 볼 수가 없다.

　　물범에게는 좁게 느껴졌을 수조지만, 덩치가 보다 작은 수달들은 살 만할 것이다. 이 공간이 안정감을 느낄 거리를 제공해 앞으로 수달들이 수영하는 모습을 자주 볼 수 있기를 기대한다. 자원을 절약한다는 이점도 있다. 수달은 자신의 영역 표시를 위해서 물 밖 바위에 분변을 모아놓는 행동을 하는데, 물범이 있을 때 빈번하게 갈아주었던 수돗물을 보다 아끼게 될 것이다.

　　새끼 물범이었던 초롱이는 이제 4살이다. 초롱이는 2년 전 광주동물원의 새로 지은 해양 포유류사로 옮겨갔다. 작년에 다시 만난 초롱이는 건강해 보였고 여전히 사람들에게 인기가 많았다. 평일 한산해진 매점에서 소일하시던 사장님에게 잘 지내는 초롱이 얘기를 꺼내자 당장이라도 광주에 한번 다녀오실 요량이다. 머지않아 물범들이 다 떠나고 나면 서운한 마음이야 남겠지만 새로 올 수달의 안부를 전해 주실 것으로 안다. 물범들이 제주로 떠나는 날을 정할 때 월요일은 피하고 싶다. 물범들도 매점 사장님이 쉬는 월요일에 가고 싶지는 않을 것이다.

동물원 이야기

두루미 부부의 포란기

해가 길어지면 새들은 번식을 한다. 4월은 두루미들의 번식기이다. 평생 같은 짝으로 살아가는 두루미 부부는 올해도 우아한 선으로 구애의 춤을 추더니 갈색 알을 두 개 낳았다. 산으로 둘러싸인 동물원으로 출근하다 보니 길 주변은 온통 연둣빛이다. 평화로운 동물원의 아침, 정적을 깨는 무전기 수신음에 이어 사육사의 다급한 목소리가 들렸다. 두루미사로 달려가 보니 두일이의 부리가 10 cm 이상 부러져 피를 흘리고 있나. 며칠 전 힘껏이 알을 낳으면서 아빠가 된 두일이는 한껏 예민해진 상태였다. 두일이 부부는 낳은 알을 부화시키기 위해 번갈아가면서 알을 품고 있었다. 두일이가 알을 품기 시작하면서 옆 칸에 살고 있는 다른 수컷 두루미와 철망을 사이에 두고서 신경전을 벌이고 있었는데, 그러던 와중에 철망에 부리가 끼어 부러진 듯 했다. 부러진 부리를 보니 통증이 극심해 보였다. 그럼에도 두일이는 둥지의 알을 품는 것에만 집중하고 있었다.

두루미나 황새 같이 부리가 큰 대형 조류들은 부리 혈관이 크고 잘 발달되어 있다. 만약 부리를 크게 다쳐 피를 과도하게 흘린다면, 목숨을 잃을 수도 있는 상황이었다. 당장 두일이를 둥시에서 떼어내어 응급 처치를 위해 원내 동물병원으로 이동했다. 먼저 부리를 지혈했고, 흘린 피를 보충하기 위해 수액을 빠른 속도로 주입했다.

위기를 넘기기는 했지만 부러진 부리 치료가 시급했다. 짧은 시간 내에 부리를 제대로 접합하지 못하면 먹이를 먹지 못해 굶어 죽을 수도 있다. 더욱이 알 속의 새끼가 제대로 발육하려면 부리로 알을 좌우로 굴리면서 품어야 하는데, 이를 하지 못하면 알 속의 새끼들 또한 생명을 잃을지도 모를 일이었다. 두일이가 치료를 받기 위해 떠난 둥지에는 암컷 두루미가 대신 앉아 알을 품었고 이따금 수컷을 찾는 듯 길게 울었다.

부러진 부리를 어떻게 해야 할까 고민하던 끝에 평소 알고 지내던, 개와 고양이의 정형외과 수술을 전문으로 하는 조규만 원장에게 문의를 했다. 동물원에는 많은 종의 동물들이 있기 때문에 동물원 수의사가 모든 진료를 하기엔 현실적인 어려움이 있다. 전화로 내용을 들은 조규만 원장은 흔쾌히 협진에 응했고 저녁까지 동물원에 도착하겠다고 답하였다. 조규만 원장은 동물원에 도착하자마자 두일이의 부리 상태를 확인했고 정형외과 수술의 많은 경험을 살려 생체용 본시멘트로 부러진 부리를 붙이기로 했다. 본시멘트는 정형외과에서 관절 등을 고정시킬 때 쓰는 재료로, 가루를 용액에 타서 바르면 돌처럼 딱딱하게 굳는다.

나는 마취가스로 두일이를 잠들게 한 뒤 기관튜브를 호흡기관에 연결했다. 그리고 마취를 유지시키면서 환자 모니터를 통해 두일이의 생체신호를 실시간으로 확인했다. 조규만 원장

은 부리를 깨끗하게 소독한 뒤, 부러진 부위에 거즈를 대고 그
위에 끈적한 본시멘트를 바르는 과정을 수차례 반복했다. 부
리를 닫았을 때 호흡을 위한 납막(콧구멍)이 막힐까 봐 작업은
조심스럽게 진행되었다. 한참이 지나자 본시멘트가 딱딱하게
굳으며 부리가 단단하게 고정되었다. 수술 도중 암컷의 소식이
전해졌다. 암컷은 교대할 두일이가 나타나지 않자 12시간 동안
물 한 모금도 마시지 않고 알을 품고 있다고 했다. 수술 후 회
복시간이 필요한 두일이지만 교대를 위해 두루미사로 가능한
한 빨리 돌려 보내야 된다는 생각이 들었다.

　　수술이 끝나고 기관에 넣었던 튜브를 뺀 뒤 빠른 회복을
위해 마스크로 산소를 공급했다. 몇 분이 지나자 두일이는 조
금씩 정신을 차렸다. 의식을 찾은 뒤 생소한 주변 환경에 놀랄
까 봐 얼굴을 수건으로 가린 채 암컷이 기다리는 두루미사로
데려갔다. 정신이 든 두일이와 수컷을 손꼽아 기다리던 암컷은
어둠 속에서 여러 번을 같이 울었다. 왠지 그 울음소리가 어떤
의미인지 알 수 있을 것만 같았다. 가족의 품으로 돌아간 두일
이는 불편한 몸을 이끌고 다시 둥지에 앉아 알을 품었고, 암컷

은 그제서야 저린 다리를 펴고 물을 마셨다.

　며칠이 지난 아침, 출근해 보니 두일이와 암컷이 그토록 지키려 했던 알에서 두 마리의 새끼들이 부화해 있었다. 두루미 부부는 새끼들이 편안하게 먹을 수 있도록 잡은 미꾸라지를 땅에 내려쳐서 움직임이 없는 것을 확인했다. 새끼들이 꿈틀대는 미꾸라지를 먹다가 혹시나 기도에 걸릴까 봐 걱정돼서 하는 행동이다. 부부 두루미의 정성으로 새끼들은 눈에 보일 만큼 빠르게 성장해 갔다.

동물과 사람

동물과 사람

그녀와 사랑새

그녀를 처음 만난 건 서울의 어느 작은 서점 앞이었다. 전화번호만 건네받고 만날 장소에서 기다렸다. 그녀는 약속시간이 지나도 오지 않았다. 약속시간이 한 시간쯤 지나고, 스마트폰이 없던 시절이라 우두커니 기다리기도 그래서 서점에 들어가 책을 한 권 샀다. 다행히 책이 재미있어 한참을 읽고 있는데 그녀가 나타났다. 그녀는 아버지 친구 분이 억지로 소개해 준 사람을 만나기 싫어 일부러 제시간에 나오지 않았고, 혹시나 해서 지나는 길에 들렀다고 했다. 그녀는 미안해 하면서도 약속된 시간보다 두 시간을 더 기다린 나를 신기해 했다.

일산에서 직장 생활을 하는 그녀를 보기 위해 자주 올라갔지만 쉬는 날에는 그녀가 청주로 내려와 만나기도 했다. 마침 그녀가 청주로 내려온 날, 동물원에서는 먹이 주기 체험을 위해 새로 구입한 사랑새^{budgerigar} 100여 마리를 야외 새장에 들여왔다. 사랑새는 잉꼬새라고도 불리며 머리는 노란색이고 몸통은 녹색이다.

그녀와 청주 시내에서 늦은 저녁을 먹고 있는데 갑자기 가을비가 내려 거리가 젖고 있었다. 오늘 들여온 사랑새가 걱정되었다. 사랑새들은 동물원에 오기 전에 분명 관상 조류를 판매하는 실내시설에서 지냈을 텐데 야외 새장에서 찬 가을비를 맞으면 모두 저체온으로 폐사할 수도 있었다.

그녀를 차에 태우고 농업용 자재를 파는 가게를 찾아갔다. 거기서 비닐하우스에 씌우는 큰 비닐을 발견했다. 이 큰 비닐을 새장의 지붕에 덮으면 사랑새들이 비는 안 맞겠다 싶었다. 큰 비닐을 접어 넣은 상자는 꽤나 무거웠다. 상자를 메고 동물원 정문에 도착하자 밤 10시였다. 동물원에는 아까보다 더 많은 비가 내리고 있었다. 사랑새들은 횃대에 일렬로 앉아 처음 맞는 비를 어쩔 수 없이 감당하고 있었다. 그녀와 함께 비닐을 꺼내 보니 가로 길이가 10m로 다 펼칠 수 없어 적당히 잘라냈다. 그러나 새장 지붕에 비닐을 씌우는 데 문제가 있었다.

야외 새장은 높이가 7m 정도로 지붕에 피뢰침이 솟아 있었고, 지붕 전체가 망으로 되어 있어 사다리로 올라갈 수가 없었다. 높은 새장의 지붕에 어떻게 비닐을 씌울 수 있을지 고민스러웠다. 불현듯 동물원 관리사무실 옆에 있는 대나무 숲이 생각났고 가장 키가 큰 대나무 두 그루를 톱으로 잘라냈다. 대나무 작대기를 비닐 앞쪽에 꽂고 연처럼 날려 새장을 덮으려는 계획이었다. 작대기 중 하나는 내가 들고 다른 하나는 그녀가 들었다.

대나무 작대기를 높이 들자 마침 거세진 비바람 속에 비닐이 날았다. 비닐로 새장을 덮으려 했지만 힘에 부친 그녀는 번번이 대나무를 바닥에 떨어뜨렸다. 어떻게든 버텨보려 했지만 계속 실패하였다. 입술이 파래진 그녀는 빗속에서 울음을 터뜨렸다. 몸은 비에 젖고 자꾸 쓰러지는 대나무를 감당하는 모습이 안쓰러웠다. 그렇게 한참을 커다란 비닐과 실랑이를 하던 우리는 결국 새장 지붕을 다 덮지는 못하고 반쯤을 덮었다. 다음 날 사랑새들은 절반이 덮인 비닐 아래 모여 서로의 체온을 나누고 있었다. 며칠 후 다시 만난 그녀의 손은 따뜻했고 우리는 말없이 오래 걸었다.

그렇게 살아남은 사랑새들은 그 후 10년 동안 동물원을 찾는 아이들의 먹이 주기 체험에 동원됐다. 사랑새는 20cm 정도의 작은 몸 크기로 아이들이 손바닥에 모이를 주기 위해 손을 펴면 여러 마리가 앉을 수 있었다. 당시에는 동물과의 교감이라는 명분으로 전국의 동물원에 많은 체험장이 지어졌다. 아이들은 사랑새가 날아와 자신의 손바닥에 앉아 모이를 먹는 이 체험을 좋아했다.

하지만 사랑새가 그저 좋아서 다가가는 것은 아니었다. 이 먹이 주기 체험은 배고픈 사랑새가 손바닥의 먹이를 먹기 위해 어쩔 수 없이 내는 용기로 가능했다. 더욱이 사랑새가 빨리

다가오기를 바라는 아이들의 기대를 충족시키기 위해선 사랑
새들이 체험 전까지 굶어야 했다. 체험은 아이들이 주는 먹이
로 배를 채우는 20분이면 끝이 났다. 동물의 긴 배고픔을 이
용한 짧고 말초적인 즐거움이었다. 우여곡절 끝에 4년 전부터
우리 동물원은 사랑새 체험을 중단했다. 동물복지 문제도 있
었지만 새가 가지고 있는 인수공통질병이 새들과 접촉하는 아
이들에게 전염될 가능성이 있어 이뤄진 조치였다.

얼마 전 담당 사육사가 사랑새장에 잎이 무성한 나뭇가지
를 넣어줬다. 떨어진 나무들을 치워야 하는 번거로움을 감수
하면서 사랑새의 장난감을 넣어준 것이다. 사랑새는 하루 종
일 가지를 오르내리며 나뭇잎을 따고 논다. 자연스러운 새의
움직임에 사람들의 시선이 오래 머문다. 사랑새장을 시날 때면
즐거운 새소리에 머리가 맑아진다. 그날 차가운 비바람을 맞으
며 울던 20대의 그녀, 이제 아내가 된 그녀를 생각한다. 사느
라고 거칠어진 아내의 손을 잡고 새소리를 들으러 사랑새장에
다시 와야겠다.

동물과 사람

어미와 새끼

니겔 로스펠스[Nigel Rothfels]의 책 『동물원의 탄생』에는 새끼 코끼리를 동물원에 데려가려고 하자 어미 코끼리가 완강하게 저항하는 장면이 나온다. 사람들은 어미 코끼리에게 총을 쏘았다. 사람들은 그렇게까지 해서라도 어미에게서 새끼를 빼앗아가려고 했다.

지금도 아니라고 할 수 없지만, 동물원에서는 다 큰 동물보다 새끼 동물의 가치가 더 높았다. 이유는 전시 때문이었다. 식용 가축이 무게에 따라 가격이 매겨지듯이, 동물원 동물에게는 수명이 많이 남아 오래 전시할 수 있는지가 중요하기 때

문이다. 몇몇 선진 동물원을 제외한 국내 동물원은 여건상 사
육 동물의 개체 관리가 허술한 상황이다. 그래서 다 커버린 동
물들은 나이를 가늠할 수 없는 경우가 많다. 성체 동물이라도
성장기의 영양 부족으로 덜 자라는 경우가 있지만, 보통은 작
은 몸 크기로 아직 성체가 되는 연령에 도달하지 않았다는 것
을 확인할 수 있다.

　오래전 동물원에 있는 망토원숭이가 새끼를 낳았다. 어
미 품에 있는 새끼는 너무 작아 창살 밖에선 잘 보이지 않았
다. 소중한 무언가를 숨기고 있는 듯한 어미의 표정을 통해 새
끼를 안고 있음을 알 수 있었다. 어미 젖을 암팡지게 빨던 새
끼는 간간이 어미 품에서 나올 때가 있었다. 하지만 주변을 탐
색하다 의심스러운 것이 발견되면 재빨리 어미에게 돌아갔다.
새끼 원숭이가 다른 동물원으로 간다는 소식을 가기 며칠 전
에야 들었다. 새끼를 어미의 품에서 떼어 놓으려면 물리력이
필요하다. 하지만 망토원숭이는 힘이 세고 공격적이라 사육사
들도 조심스러울 수 밖에 없다.

결국 어미를 마취할 수밖에 없었다. 한 팔로 새끼를 안은 어미는 마취주사를 맞지 않으려고 다른 한 팔을 부지런히 움직여 도망 다녔다. 새끼를 의식하면서 어미의 엉덩이를 향해 주사기를 장전한 블로우건을 쏘았다. 어미는 다른 한 팔로 엉덩이에 꽂힌 주사기를 뽑아내서 입으로 물어 부수어 버렸다. 주사기의 잔해에서 피스톤이 밀린 것으로 보아 마취약은 주입된 것으로 보였다. 보통의 경우 약이 주입된 지 10분 정도 지나면 전신근육이 이완되면서 마취 상태에 놓이게 된다. 하지만 과도하게 흥분되면 마취가 잘 되지 않는다. 어미의 몸이 풀린 것은 20분 뒤였다. 어미는 바닥에 누웠지만 새끼는 여전히 품고 있었다. 더 이상은 지체할 수가 없게 되자 사육사들이 들어가서 어미의 팔을 벌리고 겁에 질린 새끼를 데리고 나왔다. 약 기운을 이겨내며 팔을 허공에 저으면서도 끝끝내 새끼를 바라보던 어미의 눈동자를 지금도 잊을 수 없다. 나는 저항하는 어미에게 총을 쏘고 말았다.

40년 가까이 된 아득한 일이지만 나에게도 그 날의 망토원숭이와 별반 다르지 않은 기억이 있다. 당시 나는 초등학교

1학년이었다. 안방에 계신 부모님의 다투는 소리가 삼형제가 있는 건넛방까지 들려왔다. 왠지 불안한 기운을 느낀 나는 누나와 형이 자고 있는 시간에도 잠들지 못하고 있었다. 어머니의 인기척이 들렸고 마루에 짐을 내려놓고 신발 신는 소리가 들렸다. 불길한 예감이 사실이 아니길 바라면서 숨죽이고 있었다. 이윽고 대문이 열리는 소리에 몸이 떨렸다. 내의 바람에 신발을 꿰어차고 멀어져 가는 어머니의 뒷모습을 쫓았다. '엄마'를 부르는 내 목소리에 어머니가 뒤돌아서서 달려오는 나를 안았다. 그날 그렇게 어머니의 품 속에서 깊은 잠이 들었다.

그날 베개를 적셨던 것이 서러운 나의 눈물이었는지 미안해 하던 어머니의 눈물이었는지 모르겠다. 다음날 어머니는 우리 삼형제를 맡기기로 한 할머니 댁으로 가는 버스 안에서 이순신 장군이 그려진 오백 원짜리 종이 지폐를 한 장씩 나눠 주셨다. 한 달이 지나자 아버지는 우리를 다시 집으로 데려오셨고 어머니도 돌아오셨다. 평소 수수한 얼굴의 어머니였지만 그날은 화장을 하고 계셨는데 떨어진 기간만큼이나 낯설게 느껴졌다. 나는 어머니가 돌아와 기뻤지만 화도 나 있었다. 어머니는 나를 시내에 데리고 나가 그동안 먹고 싶은 것 없었느냐, 갖고 싶은 게 뭐냐 하시며 계속 뭔가를 사주려 하셨지만 대꾸를 하지 않았다. 그 날 이후로 한동안 나는 어머니와 건넛방이 아닌 안방에서 잤다. 분명했던 건 어머니 곁에서는 갖고 싶은 것이 더 이상 없었다.

현재 남아 있는 일본원숭이 한 쌍은 청주동물원의 초창기부터 살던 노령동물이다. 나이가 있고 그동안 번식이 없어 중성화도 적극적으로 고려하지 않았다. 그러나 최근 사는 환경이 개선되니 둘 사이에 새끼가 생겼다. 일부를 제외하고는 동물들은 사람처럼 폐경기가 없다. 새끼를 키우는 노령 원숭이가 많이 달라보인다. 생의 의지 같은 것이 생겼다고 할까? 딸을 키우는 아빠지만 모성이라는 단어는 감히 짐작만 할뿐이다. 새끼는 어미가 필요할 때까지 어미 곁에 있을 것이다.

동물과 사람

서열 다툼

나는 충남 당진에서 초등학교를 다녔다. 한 학년에 학급이 3개, 전교생은 600명 정도로 당시에는 작은 규모의 학교였다. 학교를 가기 위해 나선 큰길은 차가 지날 때마다 흙먼지가 나는 비포장도로였다. 가끔 차 대신 말이 끄는 마차가 지나갈 때면 주인 몰래 올라타기도 했던 시골이었다.

중학교에 입학하자 초등학교에서 힘 깨나 썼다던 친구들은 서열 정리 기간을 가졌다. 남자 중학교 교실 뒤쪽은 이종격투기장을 방불케 했다. 나 또한 우습게 보여선 안 된다는 생각에 은근히 싸움을 걸어오는 한 친구에게 누르기 한 판으로 항

복을 받아낸 기억이 있다.

아버지는 내가 다녔던 중학교의 선생님이셨는데 천안으로 자리를 옮기게 되어 나도 덩달아 입학한 지 2주만에 전학을 갔다. 천안은 당진에 비해 큰 도시였고 낯선 도시로 온 나는 당진에서와 비슷한 과정을 다시 거쳐야 했다. 시골에서 전학 온 나를 체육시간마다 괴롭히는 친구가 있었는데 어느 날 체육시간이 끝나고 교실에 들어온 나는 그 친구와 싸움을 벌였다. 나는 생각보다 싸움을 잘했고 그 친구가 울면서 싸움은 끝났다. 맞은 왼쪽 뺨이 부었는지 묵직한 통증이 있었는데, 선생님께 들키지 않으려고 가렸다. 알고 보니 그 친구는 초등학교 때부터 싸움을 잘한다고 소문난 친구였다. 까마귀 날자 배 떨어진 격인지, 그 일이 있고 난 뒤부터 학교 성적이 올랐다. 본의 아니게 싸움 자랑을 해버렸지만 몸만 커져버린 중학생 시절은 인간보다는 침팬지 쪽에 가까웠던 것이 아니었을까.

무리를 이루어 사는 동물들에게는 서열이 존재한다. 동물은 본능에 솔직하다. 다람쥐원숭이 무리 중에는 이른바 '알파

수컷'이 있다. 알파수컷은 먹이도 먼저 가장 먹고 덩치도 다른 원숭이보다 크다. 알파수컷은 무리 내 암컷들을 모두 자신의 통제 아래에 두려고 애를 쓴다. 그러려면 자신의 권위에 도전하는 다른 수컷들과 방어전을 치러야 한다. 이런 과정에서 얼굴에 많은 영광(?)의 상처들이 생기는데, 수컷들의 얼굴을 보고 있자면 자리를 지키는 것이 얼마나 고단한 일인지 알 수 있다. 이런 알파수컷의 노력에도 불구하고 새끼들의 유전자를 분석하면 알파수컷의 것이 아닌 다른 수컷의 유전자가 많다는 연구 결과를 보면서 실소를 머금었다.

동물원 동물들의 서열 다툼은 자연과 달리 인간의 간섭이 변수가 되기도 한다. 동물원에서 일한 지 얼마 되지 않은 때에, 일본원숭이 담당 사육사가 바뀌었다. 그런데 일본원숭이들을 관리하려면 격리 칸으로 원숭이들을 몰아 넣어야 하는데 사육사가 바뀌자 원숭이들이 말을 듣지 않는다는 것이었다. 새로 온 사육사가 전임 사육사보다 키와 몸집이 작아서였을까. 도와주러 온 전임 사육사가 신규 사육사와 함께 원숭이들에게 으름장을 놓자 원숭이들은 그제야 격리칸으로 들어갔다. 신규 사육사가 원숭이들 사이에서 서열이 정해질 때까지 이런 일은 종종 있었다. 대신 사육사를 우두머리로 인정하게 되면, 원숭이들끼리의 평화는 잘 유지되는 관리상의 이점도 있었다.

수컷이 지배하는 원숭이 사회와 달리, 미어캣은 암컷이 우두머리가 되는 모계 사회를 이룬다. 한 번은 어른이 된 암컷 미어캣이 대장 암컷에게 도전을 하는 일이 있었다. 미어캣은 몸집이 작지만 육식동물이라 치아가 꽤 날카롭다. 암컷들끼리 거친 싸움이 있었는지 젊은 암컷이 턱과 꼬리에 심각한 부상을 입었다. 치료를 위해 입원장에 격리를 할 수 밖에 없었는데 며칠이 지나도 음식에 입을 대지 않았다. 치료는커녕 굶어죽을 위험에 처해 있는데 그렇다고 싸움을 벌인 무리들에게 돌려보낼 수도 없었다. 고민 끝에 기존 무리 중 두 마리의 수컷을 골라 치료를 받고 있는 젊은 암컷과 합사를 시켰다. 그제서야 미어캣이 음식을 먹기 시작했다. 사회적인 동물에게는 홀로 지낸다는 것이 죽음과도 바꿀 수 있는 것임을 깨달았다.

　나른한 봄날 원숭이들이 털 고르기를 하고 있다. 털 고르기를 받는 원숭이는 기분이 좋은지 눈을 가늘게 뜨고 졸기도 한다. 시청의 다른 부서와 업무 관계가 거의 없는 동물원은 인간들에게도 섬 같은 곳이다. 게다가 모두 남자 직원으로 구성되어 있어 테스토스테론이 넘친다. 몇 년 전 초보 팀장이 되면서 시행착오도 겪었지만 요즘 동물원은 평화롭고 아름다운 섬이 되어 간다. 오늘도 동료들과 함께 점심을 먹고 커피 한 잔 하면서 서로 말로 하는 털고르기를 해야겠다.

동물과 사람

내가 사랑하는 생활

한 해의 마지막 달력을 넘기면 모든 것이 새로워진다. 처음으로 좀 쉬어야겠다는 생각이 들었다. 딸 다민이가 아직 만 7세라 시청 인사과에 가서 두 달 치의 육아휴직을 내러 갔다. 인사 담당자가 팀장의 육아휴직은 처음 보았다며, 그 연차에는 주로 병가휴직을 낸다고 농담을 했다. 두 달 중 한 달은 아내와의 약속대로 딸 다민이와 추위를 피해 동남아의 휴양지에서 지냈다. 호텔에 묵으며 낮에는 딸아이와 수영을 했고 밤에는 아내와 산책을 했다. 여행에서 돌아온 아내는 내게 충분한 돈을 주며 어디든 가고 싶은 곳을 가라고 허락해 주었다.

어디로 갈까 고민하던 어느 날 저녁에 본 영화가 <군산>
이었다. 박해일, 문소리가 주연한 영화였다. 그렇게 군산으로
향하게 되었다. 버스를 타고 내린 군산 버스터미널은 영화의
한 장면 같았다. 군산에 처음 오는 것도 아닌데 영화를 보고
온 뒤여서인지 달리 보였다. 걷다가 간판이 작은 깨끗한 숙소
를 얻었다.

숙소에 들어와 몸을 씻었다. 중학교 시절 국어 교과서를
좋아하게 된 이유는 예쁜 국어선생님이 내 이름을 불러줘서만
은 아니었다. 교과서에는 피천득의 수필이 실려 있었다.

"우선 마음대로 쓸 수 있는 돈이 지금 돈으로 한 오만 원
쯤 생기기도 하는 생활을 사랑한다. 그러면은 그 돈으로
청량리 위생 병원에 낡은 몸을 입원시키고 싶다. 나는 깨
끗한 침대에 누웠다가 하루에 한두 번씩 덥고 깨끗한 물
로 목욕을 하고 싶다."

피천득의 바람처럼 나에겐 마음대로 쓸 수 있는 돈이 있

어서 깨끗한 숙소에 나를 '입원'시켰다. 숙소 주변에 나가 보니 어렸을 때 보았던 초등학교 앞 골목가게들이 줄지어 있었다. 군산시 근대문화거리로 지정된 곳이었다. 초등학생 마냥 여러 물건들을 만지작거렸다가 손톱만한 고무공을 누르면 허리가 움직이며 뛰는 장난감 말을 사서 주머니에 넣고 숙소로 돌아왔다. 일어나고 싶을 때 일어나서 배고플 때 밥을 먹었다. 시계를 보지 않고 생활하니 편했고 예정보다 며칠 더 있었다.

영화 <군산>의 감독은 인터뷰에서 애초에는 목포에서 영화를 찍고 싶었으나, 여의치 않아 군산에서 찍게 되었다고 했다. 그렇게 다음 행선지는 목포가 되었다. 목포로 가는 기차를 타고 목포항 근처에 가서 다시 여러 날을 묵었다. 바람에 흔들리는 요트들이 정박해 있었고 다른 한쪽 포구에는 늦겨울 바람에 어부의 튼 손이 출항 준비를 하며 그물을 꿰매고 있었다.

대학 1학년을 마치자 친구들은 하나둘 입대를 했다. 젊은 날의 초상들은 방황을 마치고 복학 후 마음을 다잡기 위해서 혹은, 사랑의 아픔을 잊기 위해서 그저 먼 곳으로 가고 싶다고도 했다. 이도 저도 아니었던 나와 한 친구는 그냥 친구들과 같이 가고 싶어 덜컥 입영 신청서를 내버렸다. 입영 전 추억을 만들자고 목포에 갔다. 배를 타고 제주도에 가기로 했는데 어이없게도 아침에 늦게 일어나 제주행 배를 놓쳐 버렸다. 우린 정말 이도 저도 아니었다.

이십여 년이 흘러 다시 제주로 가는 배를 탔다. 3등석에 들어가니 밥벌이 때문에 자주 오가는 것으로 보이는 피곤한 얼굴들이 각자의 침낭 속에서 고치를 만들고 있었다. 아무 준비 없던 나는 점퍼로 배만 덮고 배 바닥에 누워 파도의 높이를 가늠해 보았다. 새벽 1시에 목포를 출발한 배는 5시간 후 제주항에 도착했다. 다시 버스를 타고 성산포에 내려 하도리 철새 도래지까지 반나절을 걸었다. 도착한 철새 도래지에는 기대만큼 새들이 없었다. 철새들이 북쪽 번식지로 돌아갔다고 생각했는데 맹금류가 저공으로 선회비행을 하자 놀라서 날아오른 오리떼가 장관이었다. 보이지 않는다고 없는 건 아니었다.

제주 아쿠아리움에는 평소 친분이 있는 수의사가 근무를

하고 있었다. 그는 서울 집에 올라가다가도 동물이 아프다는 전화 한 통에 비행기를 취소하고 다시 일터로 돌아가는 열정적인 수의사다. 이런 수의사들을 만나면 평소 핑계가 많았던 내가 부끄러워진다.

제주도 야생동물구조센터에도 방문했다. 내 또래로 보이는 수의사는 이 곳이 오래전 근무했던 곳인데 다시 돌아왔다고 했다. 그는 잠시 머무는 동안에도 밀려드는 구조동물들을 치료하고 있었다. 그런데도 바쁜 틈을 내어 자신의 차로 내가 갈 곳을 데려다 주었다. 그 후 발길 닿는 대로 가게 된 전주와 인천에서도 몸은 야생동물 기관에 가 있었다.

휴직원을 내고 동물원을 떠날 수 있을지 가늠해 보고 싶었다. 그럴 수 있다면 그러고도 싶었지만 시간이 지날수록 동물원이 궁금해졌다. 내가 사랑하는 생활은 다른 곳에 있지 않았다. 그렇게 나는 다시 직장인으로 돌아왔다. 방황 속에서 나를 구원할 수 있는 것은 나 자신이었다.

동물과 사람

긴장하면 지고 설레면 이긴다

자주 받는 질문이 있다.

"수의사니 동물을 좋아하시겠네요?"
"아픈 동물을 진단하고 치료하는 걸 좋아합니다."

질문한 사람의 표정을 보니 기대했던 답은 아니었던 듯 하다. 의사가 된 것이 사람이 좋아서가 아니듯, 동물을 치료하는 의사도 마찬가지다. 더욱이 사람과 다르게 심각한 고통에 이른 경우나 법정전염병이 걸린 동물에게는 안락사도 감행해야 하므로, 오히려 동물에 대해 감정을 배제하는 것이 수의사에게 필요한 덕목이라고 생각해왔다.

그러나 동물이 마냥 좋았던 때도 있었다. 초등학생 시절에 나는 시골에 살았다. 제비가 툇마루 처마 밑에 집을 지으면 제비 똥이 떨어지는 것을 막기 위해 제비집 밑에 받침대를 달아주었다. 집에서 당장 필요없는 물건을 두는 광에는 거절을 잘 못하는 아버지가 지인의 부탁으로 사놓고 풀어보지도 않은 책들이 박스 채로 쌓여 있었다.

어느 날 박스를 열어보니 쥐가 책들을 갉아 만든 푹신한 집이 있었고 그 속에는 아직 눈도 못 뜬 새끼 쥐들이 꼼지락거리고 있었다. 어린 내 눈에는 털 없는 쥐들이 추워 보였다. 새끼들을 품에 안고 아직 온기가 남아 있는 전기밥솥에 신문지를 비벼서 바닥재로 깔고 쥐들을 뉘었다. 이제는 추위에 떨지 않을 쥐들을 보니 마음이 흡족했다. 저녁 식사 준비를 마치신 어머니께 비명소리가 들리기 전까지는 그랬다.

지붕을 덮은 기와의 안쪽을 참새들이 자주 들락거렸다.

어느 날 마당에 떨어져 있는, 헐벗은 새끼 참새 두 마리를 발견하였다. 다행히 살아있었다. 그날부터 종이상자에 둥지를 만들어 주고 밥풀을 가져와 노란 입을 벌리는 새끼들에게 먹이기 시작했다. 끈적이는 밥풀에 목이 멜까 봐 손가락으로 물도 찍어 주었다. 참새들은 별 탈 없이 자랐다.

한 달쯤 지나서는 털이 숭숭 나고 손바닥에 올려놓으면 짧은 거리를 비행하는 놀라운 모습을 보여줘 날 기쁘게 했다. 그러던 어느 주말 아침, 늑장을 부리며 일어나 늦은 아침을 주기 위해 종이상자를 열어보니 참새들이 그만 죽어 있었다. 처음 경험한 죽음이 내 게으름 탓인 것만 같아 오랫동안 자책하였다.

갈수록 늘어나는 건물 유리창과 방음벽에 충돌해 희생되는 야생 새가 우리나라에서만 연간 800만 마리나 된다고 한다. 같은 팀의 윤준헌 주무관은 집 근처 방음벽에도 죽는 새들이 많다고 안타까워 했다. 이것이 계기가 되어 동물원 관람창에 충돌 방지 스티커를 부착하는 행사를 치르게 되었다.

날씨 좋은 가을의 토요일, 스티커 부착 행사에 녹색연합, 국립생태원, 두꺼비친구들, 청주시의회 그리고 자원봉사 하는 시민들이 함께 했다. 청명한 가을, 산속 동물원에서 정성껏 스티커를 붙이던 사람들의 손은 저마다 고운 단풍이었다.

11월 11일에는 우리 팀 직원들과 유년시절 쥐와 참새를 돌보며 살았던 시골집 근처의 바닷가에 갔다. 지나는 길에 보이는 옛 시골집은 오래전 헐려서 터만 남아있다는 것을 알았지만 왠지 아직 있다고 상상하고 싶어 멀리 돌아갔다. 석문 방조제에 도착한 우리는 미리 와 있던 동물보호단체 '동물을 위한 행동'과 함께 낚시바늘 같은 쓰레기를 줍기 시작했다.

갯바위와 방파제 테트라포드에 감겨 있는 낚싯줄과 바늘은 잘 빠지지 않아 일부를 남기고 끊어 버릴 수밖에 없었다. 전국의 야생동물구조센터에는 물고기를 먹다가 낚시바늘에 찔린 야생조류들이 구조된다. 새들이 삼킨 쓰레기 중에는 물고기를 양식할 때 쓰는 공처럼 생긴 어구漁具가 많이 있었다. 동물들이 가지고 놀 만큼 튼튼한 이 어구를 타고 온 화물

차에 가득 실었다. 심심한 동물들에게 장난감을 만들어 줄 생각에 직원들의 얼굴이 신나 보였다.

　행사 사진을 보니 모두들 즐거운 표정들이다. 아픈 동물을 주로 다루면서 평소 긴장으로 굳어져 있던 내 표정도 사진 속에서는 밝아보였다. 긴장하면 지고 설레면 이긴다고 했던가. 앞으로도 선한 사람들과 설레는 행사로 일상 속 긴장을 푸는 일이 많았으면 좋겠다.

동물과 사람

백구와 깜순이

우리 동물원에서 3년 넘게 촬영했던 다큐멘터리 영화 <동물, 원>의 전국 개봉에 맞춰, 영화를 알리는 자리에 왕민철 감독과 출연 배우(?)로 나갈 일이 많았다. 한번은 MBC 라디오에 출연했는데 진행자가 가수 양희은 선생님이었다.

1990년대에 대학을 다녔던 나도 1980년대의 통기타와 청바지 그리고 포크송의 아이콘였던 선생님을 잘 알고 있었다. 동물원에서 일하고 있다고 소개하자 과거 선생님은 자신이 큰 병이 생겨 입원했던 병원이 지금의 창경궁, 예전에는 창경원이라고 불렸던 동물원 앞이었고 밤에는 혼자 누워 있던 병실에

126

온갖 동물들의 소리가 들려 기이한 경험이었다고 하셨다.

인터넷 기사를 찾아보니 선생님은 1982년 서른 살 나이에 난소암 말기로 3개월 시한부 선고를 받고 수술을 위해 서울대 병원에 입원하셨다고 한다. 계절은 이른 봄, 선생님은 병실 창 밖의 목련꽃을 보며 자신의 운명을 상상하셨을 것이다. 기적적으로 살아난 선생님이 그때의 심정을 쓴 노래가 <하얀 목련 (1983)>이라는 것도 알게 되었다.

우리 동물원 사무실 창문밖에도 목련나무가 있어 스무해 동안 꽃이 피고 지는 모습을 보았다. 늘 목련꽃의 마지막은 작가 김훈의 표현처럼 백제가 무너지는 듯 했다. 화려한 큰 꽃이 어느 날 갑자기 툭 하고 떨어지는데 고통을 숨기다가 갑자기 이별하는 동물원 동물들을 닮은 꽃이라 생각했다.

내가 가장 좋아하는 선생님의 노래는 누구든 어렸을 때 한 번쯤 겪어봤을, 키우던 개를 노래한 <백구>다. 방송 중간 쉬는 시간에 여쭈어보니 <백구>는 선생님의 실제 사연을 가

수 김민기가 전해 듣고 만든 노래라고 한다.

나에게도 어린 시절 <백구>와 같은 사연이 있다. 그래서 성인이 되고 나서부터 작년까지는 집에서 개를 키우지 않았다. 아파트라는 좁은 공간에 개를 키우는 것은 개에게도 별로라고 생각했다. 또 자유롭고 독립적인 야생동물들에 매력을 느끼다 보니 사람에게 의존적인 반려동물에게는 관심이 덜 갔었다.

대신 동물원의 동물병원에서는 한참 전부터 개를 키웠다. 작고 까만색이라 깜순이라고 이름을 지었다. 깜순이는 유기견 보호소에 있었던 개다. 공간이 한정된 보호소는 오랫동안 분양이 되지 않는 개들을 불가피하게 안락사시킨다. 깜순이에게도 그런 운명의 날이 찾아왔고, 마침 우리가 방문한 날이었다. 지금은 해서는 안 되는 일이라고 생각하지만 어차피 안락사시킬 대상이라면, 그 전에 멸종위기동물 번식 연구에 쓸 생각으로 동물원에 데려왔다.

깜순이를 마취하고 난소를 떼어낸 후 안락사를 해야 하는 순간, 망설여졌다. 결국 마취에서 회복하는 깜순이를 두고 부서의 송별회식에 참석했다. 회식 중에도 깜순이가 자꾸 신경 쓰여 다른 부서로 가는 분들께 양해를 구하고 택시를 잡아타고 동물원으로 향했다. 동물병원에 올라가 문을 열자 어둠 속에서 깜순이가 달려와 내 손을 핥았다. 소주 몇 잔에 마음이 헐거워진 탓일까, 깜순이에게 미안해서일까, 눈물이 흘러 당황스러웠다. 언제부터인가 동물에게 감정을 섞지 않고 수의학적 판단만 하려던 나였는데 말이다.

깜순이가 동물병원 개가 된 지 7년이 됐다. 이제는 치아도 빠지고 검은 털도 희끗희끗해졌다. 방학을 맞아 실습을 위해 동물원에 왔던 수의대생들이 간식과 파란색 어깨끈을 사가지고 깜순이를 보러 왔다. 나이든 몸을 일으키기 귀찮을 텐데 깜순이는 최선을 다해 학생들을 반겨준다.

<동물, 원> 개봉 1주년을 기념하는 팝업책의 출간을 앞두고 표지에 들어갈 직원 단체 사진을 찍었다. 체중계, 포획망, 청진기, 키보드, 손수레, 공구 등 각자 하는 일을 상징하

는 소품을 들고 찍었다. 물론 깜순이도 선물받은 파란색 어깨끈을 하고 동물원의 일원으로서 멋진 포즈를 취했다.

동물과 사람

오창 호수의 오리

수년 전 잠실 석촌 호수에 갔다가 크기가 20m가 넘는 러버덕 Rubber Duck이라는 대형 고무 오리를 본 적이 있다. 비현실적인 크기에 놀랐고 재밌는 상상을 할 수 있어 즐거웠다. 러버덕을 보기 위해 많은 사람들이 호수 주변을 둘러싸고 있었는데 들리는 이야기와 지역의 사투리로 짐작컨대 멀리 지방에서 일부러 오신 분들도 있었다. 서울 외에도 홍콩, 오사카, 밴쿠버 등 전 세계 곳곳에서 대형 러버덕이 등장해 사람들에게 즐거움을 주고 있다. 대형 러버덕은 네덜란드 예술가가 세계를 여행하는 오리를 콘셉트로 만든 작품이라고 한다.

청주의 오창 호수에도 러버덕처럼 많은 사람들에게 즐거움을 주는 오리들이 살고 있다. 총 세 마리의 오리가 살고 있는데 수컷 1마리에 암컷 2마리로 보였다. 오리의 외형적인 암수 구별은 소리와 부리의 색깔로 하는데 소리가 좀 더 허스키하고 부리에 검은 점들 없이 깨끗한 노란색이면 수컷일 가능성이 크다. 세 마리의 오리들은 더운 낮에는 풀숲 그늘에서 쉬기도 하고 호수에서 수영도 하면서 평화롭게 지내고 있었다. 먹이를 가져다주는 시민들도 있었는데 이 오리들은 누구나의 오리면서 누구의 오리도 아니었다. 언제부터, 어떻게 살게 되었는지는 아무도 모르지만 오창 사람들이면 누구나 호수의 오리들을 알고 있었다.

어느 날 오창 읍사무소에서 전화가 왔다. 오창 호수의 오리들 중 하나가 다리를 절룩거리게 되었다는 것이다. 치료를 해 달라는 시민들의 민원이 많이 들어오는데 문의할 곳이 마땅치 않아 동물원에 연락한 것이라고 했다. 외부 동물 진료는 동물원의 업무 범위를 넘어서는 일이라 고민하다가 읍사무소로 갔다.

　　읍사무소 한쪽 구석에 작은 상자가 놓여 있었고 그 속을 들여다보니 평범한 하얀색 오리가 있었다. 가까이에서 살펴보니 오른쪽 다리 관절이 부어 있었다. 가축의 운명으로 태어난 집오리는 태어난 지 45일쯤이면 생을 마감한다. 그래서 관절이 아플 정도로 오래 살 수도 없을뿐더러 설령 아프더라도 오리가 병원 치료를 받는 경우는 거의 없다. 그러나 진료 의뢰가 정식으로 들어왔고 상자에 갇혀 풀이 죽어 있는 오리의 모습이 신경 쓰였다.

　　오리가 담긴 상자를 싣고 동물원으로 돌아왔다. 데려온 오리를 일단 격리장에 넣고 조류 의학서적을 뒤적이다가 야생동물인 맹금류에 쓰이는 재활치료가 눈에 들어왔다. 마침 대학 동기 중 서울의 동물병원에서 개와 고양이에게 재활치료를 하는 친구가 있어 의견을 물었다. 고맙게도 친구는 직접 동물원에 방문하여 오리 다리의 통증을 줄이고 관절세포를 증식시키기 위해 실시하는 레이저 치료법을 알려주었다. 레이저 빔이 눈에 좋지 않기 때문에 시술하는 수의사와 오리를 잡고 있는 어시스턴트뿐만 아니라 오리에게도 선글라스를 씌웠다. 소형

견용 선글라스가 오리에게도 잘 맞았다. 또 오리의 혈액을 추출해서 관절에 주입하는 자가혈 치료술PRP도 배웠다. 그 후 치료법을 익혀 서너 번 더 치료하였고, 한 달쯤 지나자 눈에 띄는 효과가 있었다. 불편했던 오른쪽 다리는 관절에서 부종이 빠지면서 땅을 디딜 때 힘이 들어갔다. 오른쪽 다리만으로 땅을 딛으면서 왼쪽 다리를 들어 가려운 뒤통수도 긁었다. 걸음걸이도 훨씬 자연스러워졌다.

오리를 치료하는 동안 다른 소식도 전해졌다. 우리에게 치료 받고 있는 오리가 동물원으로 오기 전 알을 낳았단다. 그 알을 오창에 있는 충북야생동물구조센터에서 가져가 인공부화기를 넣고 돌렸더니 새끼 오리가 태어났다는 것이다. 새끼 오리는 태어나자마자 보게 된 센터 직원을 어미인 줄 알고 졸졸 따라다니고 있다고 했다. 동물원에 있는 진짜 어미에게 알아듣지는 못하겠지만 축하한다고 말해 주었다.

오리가 온 지 5주가 됐다. 오리의 걸음이 거의 완전해져 오창 호수에 다시 데려다 놓기로 했다. 읍사무소 직원을 만나 오리가 담긴 상자를 같이 들고 다른 오리들이 있는 곳으로 갔다. 돌아온 오리가 반가운 시민들이 모여들어 웅성거렸다. 그러나 정작 오리를 풀어 주자마자 수컷 오리가 달려와 머리를 물었다. 걱정이 돼서 제지하려는 마음도 있었으나 오리 사이의 일이니 오리들에게 맡겨보기로 하고 지켜보았다. 얼마 지나지 않아 언제 그랬냐는 듯이 수컷 오리는 돌아온 암컷 오리와 한가롭게 수영을 했다. 안심한 우리들은 오리들을 뒤로한 채 자리를 떠났다.

다음 날 토요일 아내는 오랜만에 생긴 친구들과의 약속에 들떠 있었다. 그런 아내를 남겨두고 딸 다민이와 강아지 둥이를 데리고 오창 호수로 소풍을 갔다. 사실 오리가 잘 지내는지도 확인하고 싶었다. 멀리서 보니 오리들은 호숫가에 나와 햇볕을 쬐고 있었다. 반가운 마음에 둥이를 데리고 오리들 곁으로 다가갔다. 사람들에게 익숙해져 경계심이 없는 오리들이지만 데려간 둥이를 보자 갑자기 긴장하는 모습이었다. 그 순간 수컷 오리가 둥이 앞으로 나와 암컷 오리를 자신의 몸 뒤로 숨겼다. 강아지가 더 다가오면 부리로 쫄 기세였다. 어제 암컷 오리의 머리를 물던 수컷 오리가 오늘 보니 약한 암컷을 보호하는 듬직한 수컷이었다. 오리를 보고 있는 한 가족에게 오리들을 아느냐고 물었다. 그렇잖아도 오리 한 마리가 없어져 걱정했는데 다시 돌아와 다행이라고 하였다.

오창 호수의 오리들은 전시 기간이 정해진 러버덕보다 오랫동안 사람들에게 즐거움을 줄 것이다. 곧 어미를 만나게 될 새끼 오리도 무럭무럭 자라고 있으니 말이다. 요즘 동물원에는 또 다른 오리가 입원해 있다. 역시 오창 호수의 오리로, 한쪽 눈에 눈곱이 껴 앞을 잘 못 본다고 해서 데려온 것이다. 나는 다시 조류 안과 서적을 뒤적이고 있다.

동물과 사람

야생동물은 스스로를 동정하지 않는다

몽골 유목민을 다룬 다큐멘터리를 보았다. 왜 정착하지 않느냐고 기자가 묻자, 오래 머물면 땅을 훼손시키기 때문이라고 유목민이 답한다. 그래서 홀연히 떠나는 것이라고도 말했다. 인류학자 유발 하라리의 책에선 농경이 시작되기 전, 어느 곳에도 정착하지 않았던 사람들의 이야기가 나온다. 사냥을 했던 그 시절에는 하루 두 시간만 일하면 나머지는 자유로운 시간이다. 일정한 시간이 되면 사냥감을 찾아 다른 곳으로 떠날 준비를 한다. 이동 중 늦춰지는 원인이 있으면 제거한다. 행렬을 따라오지 못하는 사람도 예외는 아니었다. 농경을 하면서 사람들은 한 곳에 정착하였고, 끝없는 노동이 시작되었다.

펜실베니아 대학교수였던 스콧 니어링은 버몬트주와 메인
주에서 아내 헬렌 니어링과 밭을 개간해 사탕수수를 키웠다.
그는 사탕수수 시럽을 팔아 경제적으로 자립했으며 하루의 삼
분의 일은 노동하고 나머지 시간은 책을 읽거나 악기를 연주
하고 사람들과 대화를 했다. 그리고 100세가 되었을 때 곡기
를 끊고 스스로 삶을 마감하였다.

<개구쟁이 스머프>라는 만화영화가 있다. 스머프들은 버
섯 모양을 한 집에서 1인 가구로 산다. 각자의 캐릭터대로 독
립적으로 살다가 서로 도울 일이 있으면 힘을 합친다. 편리는
물건을 잘 만들고 똘똘이는 아는 것이 많고 덩치는 힘이 세다.
겹치지 않는 특기들로 서로 필요한 존재들이 된다. 나쁜 마법
사 가가멜과 그의 고양이 아즈라엘이 침입하면 모두 힘을 합
쳐 물리친다.

아내와 결혼하기 전, 후배들에게 제안을 한 적이 있다. 결
혼과 독신이 아닌 다른 형태의 주거 형태를 살아보면 어떻겠
냐고. 스머프 마을처럼 마을공동체를 이루어 살고 서로에게

일을 하지 않는 안식년을 주자고 했다. 또 부모 없는 아이들을 입양해서 공동으로 키우며 살고 다 큰 아이들에게 마을을 물려주자고도 제안했다. '한 아이를 키우려면 온 마을이 필요하다'는 말을 공동체에서 실천하자고 말이다. 다들 흥미로운 생각이지만 현실성이 없다는 답을 했다.

남들보다 늦었지만 결혼을 했다. 아이도 낳았다. 내 나이 마흔 살이었다. 아내와 나는 자는 방이 다르다. 아이를 키우면서 생활패턴이 달라져 자연스럽게 그렇게 되었다. 곧 이사 가게 될 집에서는 아내와 방은 같이 쓰되 싱글 침대를 두 개 사기로 했다. 무리 속에서 편안해 하는 갯과* 같은 아내와, 자유롭고 독립적인 고양잇과 같은 내가 서로의 생활방식을 받아들인 것이다.

야생에 사는 갯과든 고양잇과든, 자유롭지만 치열하게 살아가는 야생의 동물들은 고통과 아픔을 숨기는 데도 익숙하다. 언제부턴가 그런 야생동물에게 마음이 끌린다. 또 그런 성향의 사람들을 만나면 더 마음이 가기도 한다.

야생동물이 고통을 참았던 것을 확인하는 일은 언제나 가슴을 먹먹하게 한다. 하지만 정작 고통의 당사자인 그들은 스스로를 동정하지 않는 모습을 보일 때가 있다.

이제 기억도 가물가물한 한참 전의 일이다. 동물원 사슴이 다리가 부러졌다고 해서 뛰어 올라간 적이 있다. 부러진 다리가 좌우로 흔들리고 있는데 밥은 먹고 있었다. 분명 상당한 고통이 있을 텐데, 티 내지 않고 오늘 먹어야 하는 밥을 먹고 있었다.

어느 날은 늑대가 죽었다. 사육사에게 물어보니 전날 던져준 닭고기를 모두 먹었고 이상한 점은 발견하지 못했다고 했다. 원인을 파악하기 위해 죽은 늑대의 가슴을 열어보니 심장 근육이 너덜너덜했다. 심장이 터져 있었다. 이런 몸 상태를 어떻게 숨겼는지 이해할 수 없을 정도로 다른 갱기 성내보 엉방 니었다. 죽은 늑대는 마지막 순간만은 고통을 참을 수 없었는지 입 안의 혀를 강하게 물고 있었다.

욕창으로 다리에 구더기가 생겨도 앉은 자세를 허물지 않던 호랑이, 마비된 다리가 바닥에 끌려 발가락 뼈가 보여도 자신의 영역을 지키고자 했던 반달가슴곰, 농으로 자궁이 터져도 매서운 눈빛을 잃지 않았던 사자 등 모든 야생동물들은 미련하게도 여간해선 고통을 드러내 보이지 않는다. 그래서 슬프도록 아름답다. 아래에는 내가 좋아하는 시가 있다.

Self pity (by D.H Lawrence)

I never saw a wild thing
sorry for itself.
A small bird will drop frozen dead from a bough
without ever having felt sorry for itself.

나는 여지껏 자신을 동정하는 야생동물을 본 적이 없다.
얼어 죽어 가지에서 떨어지는 새들도 스스로를
동정하지 않는다.

동물과 사람

멧돼지와 한 마을에 산다면

동물원에 입사한 지 얼마 되지 않아 야생동물 피해를 담당하는 시청 부서에서 과수원에 들어온 멧돼지를 포획해 달라고 전화가 왔다. 야생동물 수렵단에 소속된 포수에게 의뢰하지 않고 동물원 수의사에게 부탁한 것으로 보아 살려서 다른 곳에 풀어주려는 마음이 읽혀 이에 응했다. 8월 복날의 과수원은 더위와 습기로 가득했고 마취주사기를 입으로 부는 블로우건이 내가 가진 전부였다. 야생 멧돼지를 블로우건의 사정거리 안에 두기 위해 두 시간 동안 옥수수밭을 기어 다녔다. 결국 마취주사를 맞히는 데 성공하여 마취된 멧돼지를 해당 부서에 인계한 적이 있다.

그 후 다시 멧돼지를 만나게 되었다. 야생동물센터에서 올무에 걸린 멧돼지를 마취해 달라고 의뢰가 온 것이다. 현장에 도착해 상황을 파악해 보았다. 멧돼지는 성체 수컷으로 보였다. 위턱에 올무가 위태롭게 걸려 있었고 흥분한 멧돼지는 올무를 반지름으로 원을 그리며 날뛰고 있었다. 내가 접근하자 멧돼지는 더 흥분하는 기색이었다. 나무 뒤로 숨어가며 멧돼지에게 다가갔다. 멧돼지가 잠시 멈칫할 때 블로우건을 힘껏 불었고 엉덩이에 마취주사기가 꽂혔다. 10분 정도 지나자 약 기운이 퍼신 멧돼지는 땅에 드러누웠다. 멧돼지의 위턱을 올무가 세게 조이고 있었고, 조여신 위턱은 심하게 손상되어 있었다. 위턱이 부서지는 한이 있더라도 고통과 두려움으로부터 벗어나고자 했던 것이다. 멧돼지의 고통을 끝내주기 위해 구조센터 직원과 동행한 포수가 멧돼지의 머리에 총을 쏘았다.

추수철에는 동물원 호랑이의 똥을 구할 수 있는지 농가로부터 문의가 많이 들어온다. 농작물을 먹어치우는 멧돼지 때문이다. 천적인 호랑이의 똥을 밭에 뿌리면 혹시 멧돼지가 겁을 집어먹고 도망가지 않을까 기대한 것이다.

멧돼지는 현재 유해조수로 지정되어 있다. 멧돼지가 도심을 헤집어 놓고 한바탕 소란을 일으키는 영상을 뉴스에서도 간간히 볼 수 있다. 더구나 양돈산업에 타격을 주는 아프리카 돼지열병의 전파 매개체로도 지목되어 발견된 멧돼지는 살아남기가 힘들다.

멧돼지 문제를 해결하기 위해 청주시청에서 주관하는 연구팀에 이 주제로 참여하였다. 동물원 직원들이 중심이 되어 멧돼지의 행동을 연구하여 농작물 피해도 줄이고 멧돼지 또한 살리고 싶었다. 멧돼지에 대한 국가정책을 바꾸기는 힘들겠지만 공존의 가능성이라도 제시할 수 있다면 큰 성과였다.

우선 자문을 위해 멧돼지 연구자를 찾아보았다. 백방으로 알아본 결과 현재까지 멧돼지로 박사학위를 받은 학자는 국내에 단 한 명이었다. 멧돼지로 인한 피해가 빈번히고 빈번히 사납고 자주 이루어지고 있지만 멧돼지의 행동을 제대로 이해하기 위한 연구는 별로 없었다.

우리는 피해 농가를 방문해 멧돼지에 의한 피해 사례를 파악해 보았다. 멧돼지도 의외로 가리는 작물이 있었다. 고구마와 옥수수는 좋아하지만 감자, 깨, 고추는 먹지 않았다. 별 효과는 없겠지만 혹시나 하는 마음에 호랑이 똥을 번번히 피해를 입고 있는 고구마밭에 뿌렸다. 일주일 뒤 밭주인에게 연락해 보니 똥을 뿌린 바로 다음 날 멧돼지가 고구마밭을 헤집어 놓았다고 했다. 그래도 후각이 발달한 멧돼지라서 고약한 냄새가 나는 호랑이 똥을 며칠은 의심할 줄 알았지만 전혀 소용이 없었다.

또 다른 농가를 방문하였다. 산에 인접한 곳에 옥수수밭이 있었는데, 고압의 전기가 순간적으로 흐르는 철책이 밭을 빙 둘러싸고 있었다. 태양열로 전기를 충전하는 이 철책은 이상기후로 계속되는 비와 흐린 날이 이어져 전기가 흐르지 않은 지 오래되었다고 한다. 둘러보니 옥수수들이 거의 땅에 쓰러져 있었다. 수컷 멧돼지는 혼자 와서 적당히 먹고 가지만, 새끼가 딸린 암컷이 오면 옥수수밭 전체가 엉망이 된다고 한다. 새끼들에게 높이 달린 옥수수를 먹이기 위해 밭 전체를 굴러

다니며 옥수숫대를 쓰러뜨린다는 것이다. 피해를 입은 농민의 걱정 어린 한숨과는 별개로, 새끼들에게 옥수수를 먹이려 그 넓은 밭을 굴러 다녔을 어미 멧돼지를 상상하니 어미로서의 고단함이 느껴졌다.

농가 중에는 지원을 받아 피해 방지 시설을 설치한 곳도 있었지만 그렇지 못한 소규모 농가는 나름의 자구책으로 각자가 쉽게 구할 수 있는 재료로 울타리를 설치했다. 농가마다 울타리의 높이나 완성도가 달라 설치 후에도 멧돼지의 침입은 계속되었고 결국은 포수의 총이 해결책이었다.

멧돼지를 목격하는 경우는 극히 드물다. 본 적도 없는 존재를 박멸의 대상으로만 여기는 것은 안타까운 일이다. 멧돼지를 더 잘 알기 위해서 동물원에서 키워 보면 어떨까? 멧돼지가 무엇을 좋아하고 무엇을 싫어하는지를 알게 된다면, 출몰하는 시액에 심는 농작물을 달리하여 피해를 줄일 수도 있을 것이다. 멧돼지가 얼마나 높이 뛰고 깊이 팔 수 있는지를 확인한다면 표준화된 피해 방지용 울타리를 만들어 볼 수도 있을 것이다. '인수 공존'이라는 연구팀의 이름처럼, 지역 동물원이 중심이 되어 고민해 본다면 사람과 멧돼지가 한 마을에서 잘 지낼 수도 있지 않을까?

동물과 사람

새해 소망

새해 첫날부터 눈이 왔다. 산에 둘러싸여 있는 인적 드문 동물원이라 새소리, 바람소리 외에는 사육사가 동물들에게 줄 야채를 써는 칼질 소리가 유일하다.

평소에는 심심한 하루를 보내던 동물원 동물들도 눈 구경을 한다. 흰색 눈이라 색을 못 보는 동물들의 불편함은 없다. 특히 겨울철 살과 털이 두터운 토종 동물들은 야외 벤치 밑에 기대서 내리는 눈을 수염의 촉각으로 예민하게 즐기는 표정이다. 작년에 농장에서 구조된 어린 곰들은 신기한 눈송이를 빨리 만나려고 나무 위에 올라가 있고 반복에 싫증을 잘 내는 스라소니는 눈송이의 개수를 세더니 새로울 게 없다는 표정을 보인다. 따뜻한 지방에서 온 동물들은 한국의 매서운 겨울 추위를 견딜 수 없어 실내에서만 지내고 있다. 넓지 않은 실내공간이라 답답할 것이다.

새해가 되면서 광주야생동물구조센터에서 너구리가 왔다. 미아가 된 새끼는 시민의 신고로 센터에 들어왔고 너무 어려서 사람이 젖병을 물려 키웠다. 너구리는 야생으로 돌아갈 수 없을 만큼 길들여져 결국 동물원으로 오게 되었다. 사육사들은 너구리를 위해 나무상자로 만든 굴을 만들어주었다. 토종 야생동물이라 별도의 난방 없이도 굴 하나면 겨울을 날 수 있다. 너구리를 데려온 수의사는 너구리가 새끼 때부터 먹던 우유량과 체중 증가량, 진료기록 등을 꼼꼼히 기록한 두툼한 일지를 건네주었다. 일지의 두께만큼 책임감이 든다.

얼마 전 충북야생동물구조센터 수의사와 이야기를 나누었는데, 미아로 구조된 새끼 오소리가 너무 길들여져 어떻게 해야 할지 고민이라고 했다. 우리는 다시 오소리를 맞을 준비를 한다. 아마도 광주에서 온 너구리의 바로 옆 사육장이 오소리의 보금자리가 될 것이다. 봄이 되고 동물원의 문이 열리면 너구리와 오소리는 야생동물이 미아가 되는 원인과, 이를 대처하는 요령을 교육하는 데 쓰이는 동물이 될 것이다. 단어로는 너무나 익숙한 너구리와 오소리를 구분하지 못하는 사이 주변의 생명들이 위험해지고 있다.

너구리와 오소리 외에도 동물원에는 구조한 동물들이 늘어 간다. 농장에서 웅담을 채취하기 위해 길러졌던 사육곰들, 사람이 놓은 덫에 걸려 다리가 잘리거나 어미가 죽어 미아가 된 삵들, 부리의 기형으로 아사 직전에 발견된 독수리, 유리창에 충돌해 눈을 잃어버린 말똥가리 등이다.

오래전 동물원에 있던 코요테가 다리를 심하게 다쳐 절단을 할 수밖에 없었다. 상처가 아물 때까지 한 달 정도 소독하는 과정에서 친해진 느낌마저 들었다. 그 후 코요테는 살던 전시장으로 돌아갔다. 코요테가 움직일 때는 세 다리만 있다는 것을 사람들이 알아차리지 못할 정도로 자연스러웠다. 물론

밥도 잘 먹고 건강했다. 하지만 코요테가 우두커니 설 때 보이는 다리의 부재에 관람객들은 안타까워했고 불편해 하는 이들도 있었다. 결국 코요테는 전시장 뒤편 좁은 격리 장소에서 살다가 생을 마감했다.

이젠 아련하지만 나에겐 형이 하나 있었다. 형은 나보다 2년 먼저 초등학교에 들어갔지만 내가 4학년일 때도 여전히 4학년이었다. 4학년에만 특수반이 있었기 때문이다. 어느 날은 학교 형들이 우리 형을 바보라고 놀렸다. 그 당시 나의 소망은 빨리 6학년이 되어서 학교에서 우리 형을 놀리는 못된 형들을 흠씬 두들겨 패는 것이었다. 그 무렵 형은 실종됐고 다시는 찾지 못했다. 내 소망을 이룰 일도 없었다.

그 후 우연히 노란 버스를 기다리던 학생들이 형과 닮았다는 것을 알게 되었고 형이 다운증후군을 앓고 있었다는 것도 알게 되었다. 청주에 살면서도 형을 닮은 학생들이 있었다. 통학이 힘든 학생들은 노란 버스를 타고 멀리 교외에 있는 학교에 다녔다. 마음 다친 날이면 오토바이를 몰아 교외에 있는 그 학교에 찾아가 한참을 앉아 있다가 오고는 했다. 얼마 전 동물원에서 멀지 않은 곳에 그 학교가 있다는 것을 알게 되어 조만간 가 볼 생각이다.

교외에 있던 학교는 도심으로 자리를 옮겨 노란 버스는 이제 멀리 가지 않아도 된다. 야생으로 갈 수 없는 야생동물들은 동물원으로 와서 생을 이어간다. 그들이 구조되어 살아가는 이야기를 동물원에 온 아이들이 보고 듣게 될 것이고 그 아이들이 다니는 학교에선 우리 형은 더 이상 바보가 아닐 것이다.

동
물
원
에
서

동물원에서

코끼리 없는 동물원

주말 아침의 동물원, 전화가 울린다. 대부분의 전화는 동물원의 개장 유무를 묻는 것이고, 그 다음은 가 볼 만한 동물원인지를 가늠하려는 질문들이 이어진다. "거기 동물원에 코끼리 있나요? 고릴라 있나요? 기린 있나요? 하마 있나요?" 다섯 번째쯤 "호랑이 있나요?" 나는 이 질문에 답할 수가 있다.

그렇다. 청주동물원에는 코끼리가 없다. 예전에도 코끼리가 없었고 앞으로도 데려올 계획이 없다. 하지만 코끼리를 키우지 않는 것이 미국의 디트로이트동물원이나 영국의 에딘버러동물원처럼 지능이 높은 코끼리를 좁은 장소에 키우는 것에 대한 반성적 사고에 의한 것은 아니었다. 솔직히 말해서 코끼리를 데려올 엄두를 내지 못했다. 우선 동물원이 산에 위치하고 있어서 코끼리를 들일 넓은 땅이 없었고 여러모로 코끼리를 관리할 능력이 안 된다고 생각했다.

동물원에서 일한 10여 년 동안 수의사는 나 혼자였기에 진료에 대해서 같이 상의할 사람이 없었다. 그 당시 각 지역에는 공공 동물원이 하나씩 있어서, 동물원에서 진료를 하는 수의사들의 친목 모임이 만들어졌다. 각 도시를 순회하면서 일 년에 한두 번 만남을 가졌는데 진료 경험담들을 나누곤 했다. 늘 혼자 고민했던 나였기에 당시의 만남은 수의사의 이야기 속으로 빨려 들어갈 만큼 재미있었다.

그중 코끼리 같은 대형 동물을 다룬 경험담은 모두가 주목하는 이야기였다. 코끼리가 아프면 코끼리가 쓰러지기 전에 수의사가 먼저 쓰러진다는 이야기들을 했다. 그만큼 코끼리는 동물원에서 중요한 동물이었다.

한번은 J동물원의 코끼리가 말 그대로 쓰러졌었다. 무거운 동물이 쓰러지게 되면 자신의 무게에 눌려 혈류순환부전 등 여러 문제가 생긴다. 이때 빨리 일으켜 세워주지 않으면 영원히 일어나지 않을 가능성이 높다고 한다. J동물원은 코끼리를 세우기 위해 대형 크레인을 동원했으나 오래전에 건축된 비좁은 내실 때문에 크레인이 안으로 진입할 수 없었고, 급기야는 시멘트로 만들어진 지붕을 뚫어 코끼리를 들어 올렸다고 한다. 몇 날 며칠을 크레인에 의지한 채 치료를 받은 코끼리는 다행히 혼자 설 수 있었고 그 기간 동안 매일같이 밤을 새며 작업 했던 담당 수의사도 그제서야 집에 돌아가 긴 잠을 잘 수 있었다고 한다. 코끼리 관리 능력을 인정 받아서인지 수도권의 한 동물원은 자신들이 보유한 코끼리들의 편안한 여생을 J동물원에게 맡긴다고 했다. 과거처럼 코끼리를 중요 자산으로 여기기보다 코끼리에게 더 좋은 환경이 있다면 과감히 사육을 포기하는 국내 동물원이 있다는 것은 큰 진전이다.

동물원이 산에 위치하고 있다는 것은 여지껏 단점으로만 부각되었다. 지금도 청주동물원을 검색하다 보면 "동물원이 경사라 동물 구경하기 힘들다"는 글이 보인다. 그러나 관점을 바꾸면 어떨까. 우리나라 국토의 대부분이 산으로 이루어져 있고 토종 야생동물은 산에서 살아가고 있다. 청주동물원은 토종 야생동물 보호소로서의 방향성을 갖고 야생동물구조센터의 영구장애 개체를 데려와 시민들을 대상으로 환경교육을 하고 있다. 또한 동물원에 살았거나 증식된 토종 야생동물은 서식지로 돌려보내고 있다. 동물원에서 살았던 황조롱이와 백로는 적합한 장소를 여러 날 동안 물색하여 자연으로 돌려보냈다. 다람쥐는 도토리가 많이 열리는 동물원에 풀어줬다. 동물원 주변에는 삵과 수달의 흔적도 있고 하늘다람쥐와 담비가 나무를 타고 동물원 안팎을 오가는 것을 보기도 한다. 동물원 자체가 야생동물 서식지의 일부가 된 것이다.

고대 태국의 왕은 마음에 들지 않는 신하에게 하얀 코끼리를 선물했다고 한다. 왕이 선물한 코끼리는 일도 못 시키고 죽거나 아프게 되면 왕에 대한 불충이라 잘 먹여야 했다. 그러니 결국 가산을 탕진하게 된다. 현대에 와서는 하얀 코끼리라는 말이 경제학 용어로 쓰이는데 겉만 좋아 보이고 관리가 어려운 것을 지칭한다.

따뜻한 인도나 아프리카에 살아가야 할 코끼리가 겨울이
추운 한국 청주에 살지 않게 된 것은 코끼리나 동물원을 위해
잘된 일이다.

동물원에서

야생동물 인공수정

2020년 10월을 마지막으로 삵(살쾡이)의 인공수정을 끝냈다. 2013년부터 멸종위기에 처한 고양잇과 동물의 동물원 내 근친번식을 막기 위해 인공번식기술^{artificial reproductive technique}을 공부했고 이는 내 박사학위 주제이기도 했다. 앞으로 삵에게 스트레스를 주지 않아도 되니 마음이 가벼워졌지만, 오랜 시간 노력을 들인 일이라 마지막이라고 생각하니 아쉽기까지 했다.

야생동물을 진료하면서 죽는 동물을 많이 봤다. 마취하지 않으면 손을 댈 수 없는 야생동물들은 어느 정도까지만 치료해야 하는 경우가 많았고 전혀 해 줄 게 없어 그냥 보내는 경우도 더러 있었다. 아픈 원인을 찾지 못해 책과 논문을 뒤적거리는 사이 허망하게 죽은 동물 앞에서는 무기력해졌다.

한때 아내는 원인 모를 심장질환으로 중환자실에 입원한 적이 있다. 죽음의 문턱에서 돌아온 아내는 그후 간절하게 아기를 갖고 싶어했다. 2011년 아내와 다니던 병원에 비치된 홍보책자에는 인공수정과 수정란 이식 등이 안내되어 있었다. 이거다 싶었다. 이러한 기술을 활용할 수만 있다면, 그동안 손쓸 수 없어 죽어간 동물들을 유전적으로 다시 살려낼 수 있겠다는 생각이 들었다. 또 현대 동물원들이 존립의 이유로 내세우는, 멸종위기종 보전이라는 명분도 있었다. 관련 자료를 찾다가 미국 국립동물원 수의사인 하워드^{JoGayle Howard} 박사의 영상과 논문을 보게 되었다. 하워드 박사는 1990년대 미국에서 멸종된 것으로 알려졌던 검은발족제비를 복강경 시술로 자궁 내에 인공수정을 하는 데 성공했다. 그리고 그렇게 태어난 새끼들을 다시 야생으로 돌려보내는 일을 하고 있었다. 바로 내가 하고 싶은 일이었다.

그후 전국의 야생동물구조센터에서 자연방사가 어려운 삶들을 데려왔다. 삶은 환경부 멸종위기종 2급으로 국내에선 종보전의 가치가 있는 동물이다. 동물원으로 처음 데려온 암컷에게 '긱스'라는 이름을 붙여줬다. 긱스는 오른쪽 앞다리가 올무에 걸려 구조되었는데 결국 다리를 절단했다. 동물원에 와서는 왼발만으로 잘 뛰어다녔는데, 사육사가 왼발의 달인이라 불리는 축구선수 라이언 긱스의 이름을 붙여줬다. 다른 암컷인 오월이는 새끼 때 구조되어 사람에게 길들여진 탓에 자연방사가 어렵다고 판단돼 이곳에 오게 됐다.

이렇게 모인 삶들에게 다른 동물원의 수컷 삶의 정자를 인공수정하고, 태어난 새끼는 방사훈련을 통해 자연으로 돌려보내는 것이 계획이었다. 어미는 돌아갈 수 없지만 새끼들은 어미가 그토록 가고 싶어 했던 야생으로 돌려보낸다는 다소 낭만적인 계획이었다. 이 계획으로 2014년 청주동물원은 환경부 서식지외보전기관으로 지정되었다. 서식지외보전기관의 사전적 정의는 서식지 내에서 보전이 어려운 야생동물을 서식지 외에서 보전, 증식하는 곳으로 야생동물 멸종의 예방을 목적으로 한다. 야생서식지가 회복되길 기대하며 이곳에서 돌아갈 준비한다는 것이 마음에 들었다.

인공수정을 위한 복강경 시술은 당시 일부 대학교 부속 동물병원을 제외하고는 경험이 없었다. 그 무렵 경상대학교 수의학과에서 미국에서 일하는 수의사를 초청하여 복강경을 배울 수 있는 기회를 제공하였고 나도 실습에 참가해 시술을 배울 수 있었다. 하지만 또 하나의 난관이 남아 있었다. 청주동물원처럼 작은 시립 동물원에는 복강경기구 전체를 살 예산이 없었다. 예산 부서를 설득해 아쉬운대로 필수 장비를 샀고, 다른 장비는 일반 병원에서 쓰지 않는 것을 기증 받다시피해서 가져왔다. 수컷 삶의 정자를 채취하는 작업은 실패를 거듭하다 1년 만에 성공하였다. 기구를 준비하는 데 3년이 걸렸으니, 준비에만 4년이 걸렸다. 그후 몇 년 동안 암컷 삶들에게 인공수정을 시도했지만 아직까지 임신으로 이어지지는 못했다.

인공수정을 본격적으로 시작하기 전, 국립공원공단의 수의사들과 함께 하워드 박사가 일했던 미국 국립 스미소니언동물원을 방문한 적이 있었다. 하워드 박사는 이미 은퇴해 그곳에 없었지만 그녀의 뒤를 잇는 많은 연구자들이 일하고 있었다. 번식 호르몬을 연구하는 실험실, 정자를 채취하는 실험실, 인공수정을 하는 진료팀이 각자의 분야에서 일했다. 미국인들은 오전 9시는 되어야 출근해 일을 시작하는 줄 알았는데 아니었다. 약속 시간인 새벽 5시에 도착하니 자이언트판다의 정자채취 팀은 모든 준비를 마치고 우리를 맞이했다. 그날 오후에는 스미소니언동물원의 암컷 판다에게 실시할 인공수정을 위해 중국에서 냉동시킨 수컷 판다의 정자가 비행기를 타고 도착했다. 한 판다 연구원은 일년의 반우 중국의 판다 서식지에서 보내며, 아프리카코끼리 연구원도 일년의 반을 아프리카코끼리 서식지에서 일한다고 하여 우리의 부러움을 샀다.

삵은 멸종위기종으로 분류되어 있지만 요즘 국내 야생동물센터의 구조 사례가 종종 있는 것으로 보아 개체 수가 늘어나고 있는 것으로 보인다. 그러면서 나의 생각도 변한다. 인공번식기술이 쓰이지 않을 만큼 야생동물들이 살아갈 터전이 지켜져서, 동물들이 자연스럽게 멸종의 위협에서 벗어나게 되는 것이 더 이상적이라고 생각한다. 최근 환경부의 정책도 멸종위기종의 증식과 보호보다 서식지 관리에 초점을 맞추는 쪽으로 변화하고 있다.

　　몇 년 전 박사학위를 받던 날, 페이스북에 글을 썼었다. 삵들이 받았을 고통에 미안하고, '동물원 동물captive animal'에서 언젠가 '야생동물wild animal'이 될 수 있는 발판을 마련하게 되어 기쁘다는 내용이었다. 처음의 생각과 달리 태어난 새끼들을 야생으로 돌려보내지 못할 수도 있겠지만, 동물원에서 살고 있는 삵들을 더 이상 인공수정으로 괴롭히지 않아도 되어 마음이 편해졌다. 며칠 전 삵을 포획했던 사육사에게서 연락이 왔다. 먹이를 먹지 않던 삵들이 먹기 시작한다고….

동물원에서

동물을 위한 거리두기

최근 미국 샌디에고동물원에서 오랑우탄과 보노보가 코로나 19 백신을 맞았다고 한다. 또 다른 유인원인 고릴라 8마리가 코로나19에 감염되자 행한 조치다. 해외 동물원에서는, 특히 사자나 호랑이 등의 고양잇과 동물의 코로나19 감염 소식이 종종 전해진다. 주로 해당 동물을 관리하던 동물원 직원에게서 전염된 것이고 동물들의 증상은 경미했지만, 동물원 동물 관리에 있어 큰 과제를 주었다.

WTO 통계에 의하면 최근 20년간 사람과 동물이 같이 감염될 수 있는 인수공통전염병은 인체 감염병의 75%를 차지한다고 한다. 야생동물의 서식지를 개발하고 사람들이 그곳에 거주하면서 야생동물과의 접촉이 늘어났다. 게다가 지구 반대편을 하루만에 갈 수 있을 정도로 교통이 발달하면서 전염병 전파의 위험성은 커지고 있다. 치료보다는 예방이다. 인의(人醫)에서도 과거 사람 질병 중심의 연구에서, 최근 사람, 가축, 야생동물(자연환경)을 함께 연구하는 '원헬스One Health' 개념이 더 근본적이고 지속가능한 질병 컨트롤 방법으로 부각되고 있다.

서구의 동물원들은 제도가 잘 정비되어 있을 뿐만 아니라 동물 전시를 넘어서 자연서식지로서의 야생동물의 보전과 질병 연구에도 많은 노력을 기울이고 있다. 한국은 동물원의 역사가 100년이 넘었으나 2016년이 되어서야 선언적 의미의 동물원법이 제정됐다. 최근의 추세를 보면 법이 빠른 속도로 개정되어 코로나19 방역처럼 동물의 질병에 대해서도 모범적인 시스템을 갖출 것이라 기대한다. 하지만 인수공통전염병에 대한 국가반의 대책은 아직까지는 동물원들의 개별적인 자구책으로 이뤄지는 것이 현실이다.

10년 전쯤 대만의 타이베이동물원에서 아시아 동물원의 수의사를 초청해 야생동물 강연 행사를 마련하여 5박 6일간 연수를 다녀온 적이 있다. 야생동물의학만큼은 아시아의 여러 나라들이 우리나라보다 앞서 있었다. 특히 타이베이동물원의 동물 검역과 진료시스템에 놀랐다. 이곳에는 동물원 내에 들어오는 야생동물들을 검역하는 동물병원이 원내 동물병원과는 별도로 있었고 CT 등 의료장비들을 잘 갖추고 있었다. 동물들의 잠복질병을 예방하기 위해서는 입구통제뿐아니라 동물들이 사용했던 하수까지도 지하의 거대한 정화장치로 통제되고 있었다.

청주동물원도 몇 해 전 검역시설을 마련하여 들어오는 야생동물을 검사하고 있다. 전문인력이 부족하다 보니 지금은 주로 수의대에 의뢰하여 검사를 진행하고 있다. 7년 전쯤 청주동물원에서는 새 모이 주기 체험을 했다. 체험을 유지하기 위해 주기적으로 많은 수의 사랑새들을 구입하였다. 들어오는 새의 질병검사를 실시하였더니 사람에게도 발생하는 인수공통전염병들이 확인됐다. 조류 판매상에 이를 알리고 새들을 회수시키는 과정에서 판매상 사장님과 얼굴을 붉히기도 했다. 이를 계기로 체험 전 새들을 굶겨 모여들게 하는 비윤리적인 동물체험은 청주동물원에서 없어졌다.

동물원이 휴장 중인 지금은 고양잇과 동물들의 코로나19 검사를 포함해 동물들의 건강검진을 하고 있다. 2020년 호랑이사 확장공사로 수컷 호랑이 호붐이는 자신의 집을 떠나 반년동안 답답한 격리칸에 갇혀 지냈다. 공사가 마무리된 호랑이사로 호붐이를 옮기면서 코로나19 검사도 했다. 국내에선 처음 있는 호랑이의 코로나19 검사라 방송국에서 취재를 왔다.

마취주사를 놓는 과정에서 야성이 강한 호붐이는 거칠게 저항했다. 몸이 울릴 정도의 큰 포효 소리에 취재진은 꽤나 놀라는 모습이었다. 호붐이는 나이가 적지 않아 마취할 때면 늘 긴장이 됐다. 잠이 든 호붐이를 트럭에 싣자 호흡이 없었다. 즉시 호흡기관내 튜브를 삽입하고 산소를 공급하자 환자 모니터의 산소포화도가 정상으로 돌아왔다. 엠브백(산소를 폐 깊숙이 불어넣는 고무주머니)을 누르면서 이동하였다. 호랑이사에 도착한 사육사들이 들것에서 호붐이를 내려놓았다. 회복제를 주사하자 10분 뒤 머리를 들면서 호붐이가 일어났다. 그제서야 안도의 한숨이 나왔다. 큰 호랑이의 입 안으로 손을 넣어서 코로나19 검사를 하는 장면이 신기했는지 많은 사람들이 뉴스 기사에 댓글을 달았다.

아직도 포털 사이트에는 청주동물원이 동물을 가장 가까이서 볼 수 있는 곳이라고 설명되어 있다. 가까이서 볼 수 있나는 깃은 동물이 시야에서 벗어날 수 없는 좁은 공간에 살아간다는 것을 의미한다. 동물에 대한 배려가 없이 동물을 오직 사람을 위한 전시물로 보는 관점이다. 관람객들과 동물이 가까이 마주하게 되면 상호 간의 질병 전파 가능성이 있다. 또한 사육사 바닥이 동물의 배설물에 쉽게 오염되는데, 이 때문에 청소가 용이한 시멘트 바닥을 선택하게 되어 동물의 스트레스를 가중시킨다.

2019년부터 청주동물원은 동물사를 개선해 나가고 있다. 넓어진 동물사에서 곰, 호랑이, 여우는 흙을 파고 햇살과 비를 맞으며 통나무로 된 놀이시설에서 하루를 보낸다. 넓어진 공간 덕분에 멀찌감치서 관람하는 사람들의 표정 또한 편안한 동물들을 닮아간다.

동물원의 동물은 문명에 길들여진 존재지만 야생의 생리와 본능을 가지고 있다. 야생동물은 오래전부터 인간과 거리를 두어 왔다. 인간에게 있어 야생동물은 위협인 동시에 사냥의 대상이었기에 당연하다. 적절한 거리두기와 철저한 검역은 동물들을 안전하게 하고, 관람객들도 안심하고 동물원을 올 수 있게 할 것이다. 동물과 사람 모두에게 이익이다.

동물원과 도축장 사이

동물원을 떠나 다른 곳에서 일한 적이 한 번 있다. 당시 나는 동물원에서 수의직으로 일하고 있었지만 계약직 신분이었다. 좀 더 안정적인 일반직 수의직으로 다시 들어오기 위해서 시험을 봤는데, 약속됐던 동물원이 아니라 충북도청의 동물위생 시험소 제천지소로 발령이 났다. 3개월 뒤에 꼭 동물원으로 보내주겠다는 인사 담당자의 말을 믿고 기다렸지만 결과적으로는 1년 1개월 동안 충북도청의 소속으로 일했다.

광역단체마다 있는 가축위생시험소의 역할은 조류인플루엔자나 구제역 등의 가축 질병을 진단하는 것인데, 우리가 소비하는 육류를 위해 소, 돼지의 도축 전 검사도 포함됐다.

신규 수의직들은 주로 도축장에서 검사관 업무를 맡게 되는데 나 또한 그랬다. 처음 보는 살풍경에 얼마간은 악몽을 꾸기도 했다. 도축장벽이 유리벽으로 되어 있다면 많은 사람들이 육식을 하지 않게 될 거라는 어느 책에서의 문장도 이해가 갔다. 그러나 곧 적응하여 꽤 열심히 일했더니 도축장 관계자들이 자주 찾아오곤 했다. 검사관은 위생상태가 불량하면 시정될 때까지 도축장을 멈추게 할 수 있는 권한이 있어서였다.

소를 도축할 때는 앞부분이 뾰족하게 돌출된 큰 망치로 정수리 부분의 급소를 가격하는데 급소가 아닌 다른 곳에 맞으면 소는 죽지도 못하고 죽을 만큼 큰 고통을 느끼게 된다. 처음에는 도부들의 망치질을 볼 기회가 있었지만 이내 시선을 돌렸다. 도축장에서 시간을 보내게 되면서, 결국 도축될 운명이나면 정확한 일격으로 소를 보내주는 숙련된 도부들이 가장 인도적일 수 있다고까지 생각이 들었다.

한번은 임신한 소가 다리가 골절된 채 도축장으로 왔다. 골절된 소의 고통을 생각하면 정수리를 빨리 쳐주는 것이 최선이었다. 그러나 어미 소가 죽으면 송아지도 죽는다. 마치 할복하는 사무라이의 고통을 줄여 주기 위해 목을 쳐주는 다른 사무라이가 있는 것처럼, 도부가 어미 소의 옆에서 망치를 치켜들고 서 있다. 다른 도부는 어미 소의 배를 갈랐고 뜨거운 양수와 함께 송아지가 쏟아져 나왔다. 그 순간 망치가 내려왔고 어미 소는 생을 마감했다. 양수를 먹은 송아지는 움직임이 없었다. 누군가가 능숙하게 송아지를 거꾸로 매달고 위에서 아래로 쉬어싸듯이 훑어 내렸다. 잠시 후 송아지는 양수를 토해내면서 생애 첫 울음소리를 냈다. 생과 사가 교차되는 지점에 서 있던 나는 경직된 몸이 풀리자 가까스로 잡고 있던 정신이 혼미해졌다. 결국 소가 될 운명인 송아지에게는 이 험난했던 탄생이 다행인지 불행인지 모르겠다.

충북도청 인사 부서에 장문의 편지를 썼다. 장황하게 썼지만 동물원으로 복귀시켜 준다는 약속을 지켜 달라는 이야기였다. 최재천 교수의 책 『생명이 있는 것은 다 아름답다』도 같

이 보냈다. 긴 편지와 책을 읽고 마음이 움직인 것인지, 공무상
의 행정적인 신뢰를 지킨 것인지는 알 수 없었지만 내 자리를
대신할 수의직 공무원이 채용됐고 나는 동물원으로 돌아올 수
있게 되었다.

지금 생각해 보니 제천지소로 신규 임용되어 오자마자 동
물원으로 다시 돌아갈 사람이라고 하며 무례를 범했던 것 같
다. 그 무례를 참아 주고 배려해 준 속 깊은 수의사 선배들을
뒤로 하고, 이삿짐을 실은 트럭을 몰아 제천 시내를 빠져나왔
다. 더 함께하지 못해 미안했고, 가겠다는 나를 이해해줘서 고
마웠다.

다시 돌아온 동물원에서의 일이다. 어느 날 낙타과 동물
인 과나코가 새끼를 낳다가 걸린 것 같다는 사육사의 다급한
전화가 왔다. 과나코는 보통 밤에 새끼를 낳는 야생동물이어
서, 밤새 난산으로 인한 진통으로 힘겨웠을 터였다. 자궁에 손
을 넣으니 새끼의 다리가 잡혔다. 관절이 굽은 방향을 보니 뒷
다리였다. 뒷다리를 끄집어내어 밧줄에 묶고 사육사들과 함께

당겼다. 새끼의 몸이 조금씩 보이더니 어느 순간 쑥 하고 빠져 버렸다.

그러나 분만시간이 지체된 탓인지, 나온 새끼가 숨을 쉬지 않는 것이었다. 양수를 먹고 호흡기관이 막혀 있을 가능성이 있었다. 도축장에서의 경험이 떠올랐다. 사육사들에게 새끼 과나코를 거꾸로 들도록 하고 나는 새끼의 온몸을 두 손으로 쓸어 내렸다. 한참을 그랬더니 어느 순간 막혔던 양수와 울음을 토해냈다. 살았구나, 하는 안도감이 들었다. 어미의 따스한 혀 대신 큰 타월이 젖은 몸을 닦아 주었다. 체온이 낮은 새끼의 털을 드라이기로 완전히 말리며 몸을 비벼 주었다. 어미가 기운을 차릴 시간이 필요했다. 어미가 죽지 않았으니 새끼는 어미를 곧 만나게 될 것이다. 그때 그 송아지는 어떻게 지내고 있을까? 문득 궁금해졌다.

동물원에서

슬기로운 관람

매주 월요일에는 동물원 문을 닫는다. 문을 닫아도 직원들은 출근한다. 많은 관람객들이 다녀간 주말 뒤에는 어지러진 구역을 청소하고 동물원 전체를 소독하기도 한다.

거의 모든 직장인이 겪는 월요병과는 그 증상과 원인이 다르겠지만 동물원 동물에게도 주말이 지나면 월요병이 찾아오곤 한다. 지금은 인식이 개선되면서 덜하지만, 많은 관람객들이 과자를 동물들에게 넘겨주곤 했다. 관람객이 많은 주말이 지나면 과자를 받아 먹은 동물들이 소화질병에 시달리기도 했다. 특히 손이 닿는 근거리 관람이 허용된 동물농장의 동물들은 주말이 지나면 변 상태가 좋지 않았다.

한번은 동물농장에 사는 염소가 월요일 아침부터 누워서 일어나지 않는다고 사육사로부터 연락이 왔다. 가서 보니 주변에 많은 과자들이 널려 있었다. 탄수화물 과식증으로 보였다. 염소는 먹은 풀을 위에서 미생물 발효로 소화하는 초식동물이다. 과자 같은 탄수화물을 갑자기 많이 섭취하면 위장 내 산이 증가하여 탈수증과 대사성 산증 등의 응급질환으로 폐사에 이를 수도 있다. 이때 전해질 수액을 놓아야 하는데, 심한 경우라면 산증치료제인 중탄산염니트륨을 첨가해서 줘야 한다. 그런데 병원에는 마침 중탄산염나트륨이 떨어져 당혹스러웠다.

초식동물인 소를 주로 다루는 후배 수의사에게 전화로 물어보니 약이 없다면 일단 동네 슈퍼에서 베이킹소다를 사서 수액에 탄 뒤 정맥주사를 하라고 응급조치를 알려줬다. 베이킹소다는 중탄산염나트륨의 제과제빵용 이름이다. 아무튼 소다 덕분에 염소는 몇 시간이 지나 자리에서 일어났고 아직까

지도 잘 지내고 있다. 단순히 '과자를 주지 마세요'라는 일반적
인 안내문구는 행동을 변화시키는 데는 부족함이 있다. 사례
를 들어 납득할 수 있는 설명판이 있다면 동물원의 월요병은
좀 더 빨리 사라질 것이다.

동물원 관람객을 위한 설명판은 두 종류가 있다. 질서를
위한 안내 설명판과 동물의 정보를 설명해 주는 동물 설명판
이 있다. 동물에 대한 정보가 잘못 전해지는 경우도 종종 있다.
과거 공무원 교육을 가면 강사들이 혁신의 예로 맹금류인 솔
개 이야기를 많이 한다. 솔개가 일정한 나이가 들면 고통을 견
디며 오래된 부리를 뽑아 스스로 새로운 부리로 교체한다는
이야기였다. 하지만 수의학적으로 보면 솔개는 부리를 뽑자마
자 과다출혈로 생을 마감했을 것이다.

또한 동물원의 동물 설명판들도 사실과 다른 내용을 전
달하기도 한다. 한때 동물원에 대륙사슴을 들여온 적이 있었
다. 대륙사슴은 우리나라 토종 야생동물로, 남한에서는 절멸
한 것으로 추정된다. 사슴을 판 농장주가 자신의 사슴이 대륙

사슴이라고 너무나 자신있게 말하자 당시 설명판을 만들던 직원이 대륙사슴으로 표기했던 것이다. 그후 누군가의 제보로 대륙사슴이 청주의 한 동물원에 있다고 알려져 방송국에서 취재를 오는 해프닝이 벌어졌다. 그날 방송 인터뷰에서 많은 변명을 해야 했다. 그후로 설명판 담당 직원은 동물에 대해서 공부를 열심히 했다는 후문이 있다. 때론 잘못 탄 기차가 목적지에 데려다 주기도 한다.

동물원 곳곳에는 스피커가 있다. 스피커에선 코로나19 방역수칙이 흘러나오기도 하고 엄마를 찾아 울먹이는 꼬마의 목소리가 들리기도 한다. 동물원이 유원지라는 인식이 강했던 시절에는 주말 관람객을 위한 서비스라고 생각하여 음악을 종일 틀어 놓았다. 주로 라디오의 음악채널을 틀어 놓을 때가 많았는데 계절과 시간에 어울리는 음악이 흘러나오니 들을 만했다.

그러나 해외 유명 동물원들에서는 원내에서 음악이 들리는 경우가 거의 없었다. 다만 서식지를 재현하기 위해서 그곳에 사는 새소리를 배경음으로 틀어 놓은 경우는 있었다. 동물원을 찾는 사람들은 주로 도시에 산다. 휴대폰 알람 소리를 듣고 일어나 차에 시동을 걸며 출근하고 퇴근 후에는 세탁기 도는 소리를 들으며 진공청소기를 돌린다. 인공적인 많은 소리를 피해 귀가 쉬는 경우는 층간소음이 없기를 기대하며 잠들 때뿐이다. 동물들이라고 오죽할까.

코로나19 여파로 동물원이 오래 휴장하면서 도심과 떨어진 동물원에 찾아온 봄이 참 조용하다. 봄비가 땅을 적시는 소리, 번식기 새들의 소리, 졸음에 겨운 사자가 하품하는 소리까지 들린다. 자연이 만든 소리에 귀가 순해진다. 조만간 동물원 문을 다시 열게 될 것이다. 귀가 예민한 야생동물을 방해하지 않으면서 동물원의 숨은 소리를 찾아보는 것은 어떨까 싶다.

동물원에서

오토바이와 전기카트

동물원의 일은 크게 현장 업무와 행정 업무로 나뉘는데, 현장 업무는 사육사와 수의사가 하는 일을 떠올리면 이해하기 쉽다. 진료사육팀장이 된 후로 오전은 동물원 입구에 위치한 행정사무실에서 사업계획과 각종 보고를 하고, 오후에는 산 정상 인근에 있는 동물병원에서 사육사가 동물 관리를 하면서 발견한 동물들의 이상 증상을 살펴본다. 처음에는 두 가지 업무를 병행하면 일의 흐름이 끊겨 효율이 떨어진다고 생각했다. 그러나 익숙해지고 나니 현장에서 쌓인 육체적 피로는 행정업무가 주는 정신적 피로가 풀어줬다. 반대의 경우도 마찬가지였다.

　　청주동물원이 개원하고 4년 동안은 동물이 아플 때 인근 동물병원의 수의사가 왕진을 왔었다. 나는 동물원의 첫 상근 수의사였다. 그 후로도 수년 동안 동물원에는 동물병원이 없었다. 동물원에 동물병원이 없다 보니 제약이 많았다. 그즈음 민간의 사슴 농장에서 녹용 생산을 위해 농장주들이 마취제를 암암리에 사용하였는데, 나는 진료용으로 사슴 마취제를 보관하고 있었다. 그런데 마취제는 마약류에 해당되기 때문에, 수의사라 하더라도 동물병원을 개설하지 않으면 마취제를 쓸 수가 없다는 것이었다. 이것이 문제가 되어 마약 관리법 위반으로 마약수사대에서 조사도 받았다. 이를 계기로 동물병원 건축 예산을 확보하고 구청에 병원 개설 신고도 할 수 있었다.

　　동물원 정상 부근에 정자가 하나 있었다. 관람객이 잘 찾지 않는 외진 곳이었고 치료하던 동물이 죽은 날이면 먼 산을 바라보며 한참을 앉아 있었다. 그곳에 지금의 동물병원이 들어섰다. 동물병원이 산꼭대기에 있다 보니 가는 길은 내내 오르막이다. 처음 동물병원을 찾는 사람들은 자신의 운동 부족을 절실히 깨닫게 된다. 그러나 일단 병원 앞마당에 들어서면 주변의 산이 동물원을 둘러싸 안아주는 풍경에 감탄한다. 더욱이 병원은 동물원 울타리 경계에 있어 숲이 더 울창하다. 봄이면 먼 산에서 산벚들이 팝콘처럼 터져 나오고 고라니, 담비 같은 자유로운 야생동물이 노니는 곳이다.

언제부턴가 맨 아래 사무실과 맨 위에 있는 동물병원을 신속히 오가기 위해 진료용 오토바이를 타고 다녔다. 동물들은 내 귀에는 다를 것 없는 오토바이 소리를 잘도 구분해냈다. 주사를 놓으러 온 나의 오토바이 소리는 그들에겐 두려운 소리겠지만, 먹이를 싣고 오는 사육사들의 오토바이 소리는 침이 고이는 반가운 소리일 것이다.

오토바이와의 인연은 대학 시절부터다. 그 시절 오토바이는 청춘의 아이콘이었다. 영화 <비트>에서 정우성이 오토바이 핸들에 두 손을 떼고 바람을 느끼던 장면을 청주의 유명한 플라타너스 가로수길에서 따라했던 기억이 있다. 청춘의 아이콘은 시간이 지나 그렇게 생활의 방편이 되었다.

길게 경사가 진 동물원에 눈비라도 오면 두 바퀴로 굴러가는 오토바이는 탈 수가 없었다. 게다가 의료장비나 고기 같은 무거운 먹이를 싣고 다니는 데도 한계가 있었다. 그래서 지금은 골프장 같은 데서 볼 수 있는 전기카트를 구입해서 사용한다. 총 3대인데 호랑이와 표범 그리고 스라소니 사진으로 꾸몄다. 전기카트는 여러모로 유용했다. 소리가 나지 않아 동물들의 예민한 청각을 자극하지 않는 점도 좋았다. 동물들은 잘 듣는다. 스라소니의 경우 60미터 밖에서 쥐가 풀잎을 밟고 지나가는 소리를 들을 정도다. 동물들에게 오토바이 소리는 너무 큰 소음이었을 것이다.

여유가 있는 날은 4인용 카트에 관람객을 태우고 동물원을 돌면서 설명을 드리기도 한다. 한번은 노인 단체의 어르신들께서 동물원에 놀러오셨다. 정문을 통과하자 이어지는 경사에 올라갈 엄두가 나질 않아서인지 다들 의자에 쪽 앉아 계셨다. 저니는 실내 몇 분을 카트에 태우고 한 바퀴 돌면서 안내를 드리니 정말 좋아하셨다. 제자리로 돌아와 내려 드리려 하니 다른 분들이 예정에 없던 줄을 만들고 서 계셨다. 그렇게 그 분들을 태우고 8번을 더 돌았다.

얼마 전에는 코로나19 사태로 휴장 중인 동물원 앞에서 울고 있는 아이가 있었다. 아이의 부모에게 여쭈어 보니 동물원이 닫았다고 해도 아이가 포기하지 않아 직접 상황을 보여주기 위해 온 것이었다. 정문 근무자에게 양해를 구하고 동물 그림 마스크를 쓴 아이와 부모를 카트에 태우고 동물원을 한 바퀴 돌았다. 아이가 좋아한다는 얼룩말 앞에서 가족사진도 찍었다. 카트에 태운 사람들이 기뻐하는 모습에 내 마음이 밝아졌다. 동물원 직원으로서 관람객을 배려하면 분명 관람객도 동물을 배려한다고 생각한다. 세상은 그렇게 연결되어 있다고 믿는다.

동물원에서

시골의 개들

얼마 전 동물 의료봉사 지역을 물색하기 위해 대청호 주변 문의면 묘암리를 찾았다. 시골의 개와 고양이의 과다한 번식은 야생동물에게도 피해를 끼칠 수 있기 때문에, 동물원에서도 도울 일이 있을 거라고 생각했다. 동물원에서 묘암리까지는 40분 거리였다. 가는 동안 만난 아름드리 벚꽃나무는 마을 큰 길까지 이어졌고 마을 어귀부터는 현란한 홍매화가 맞이했다. 상수도 보호구역이라 축사도 없어 마을의 동물은 개 14마리와 고양이 2마리가 전부였다.

한 달에 한 번 하기로 한 의료봉사의 시작은 지난 주 일요일(4월 25일) 청주동물원, 충북대 수의대와 의대, 충북 동물위생시험소, 동물복지문제연구소 어웨어가 참여하면서 시작됐다. 동물원 수의사들과 수의대 학생들은 중성화 수술을 맡았고, 의대 기생충 교실과 동물위생시험소는 혈액과 분변 채취를 통한 질병검사와 백신 접종을 했다. 어웨어는 질 좋은 사료와 새집을 제공하고, 시골 동물들의 무제한 번식을 막기 위해 중성화를 홍보했다. 짧은 목줄에 묶여 있던 개들은 긴 목줄로 바꾸어 주자 익숙하지만 닿을 수 없었던 주변을 탐색하느라 신이 났다.

주인의 요청에 의해 수컷 4마리는 중성화를 했고 암컷들은 수술 환경이 좋은 동물원으로 데려가기로 했다. 그중 큰 개인 장군이는 주인이 몸을 잡자 마취주사 바늘에 신음소리를 내면서도 자세를 허물지 않았다. 수술 후 회복 중인 개들은 비틀거리며 자신의 주인들을 찾아갔다. 아릿한 통증이 있을 것이 분명한데 희미한 의식 속에서도 연신 꼬리를 흔들어 댄다. 마취되어 움직이지 않는 개들이 잘못될 수도 있다는 생각을 했는지 개들이 돌아오자 주인들의 눈가가 촉촉해지기도 했다.

짧은 순간이었지만 부재의 경험을 통해 개들이 전보다 소중해
진 듯 보인다. 마지막으로 수술한 큰 개 장군이가 깨어나니 밤
8시가 되었다. 수술이 잘 끝났다는 안도감에 학생들의 얼굴은
떠 있는 달처럼 밝고 환해졌다.

　동물원에서 야생동물 진료를 할 때는, 마취가 깨기 전 서
둘러 동물이 있는 철장을 나와야 했다. 이곳에서는 개들의 체
온을 느끼면서 곁에 있을 수 있는 데다가 회복하니 꼬리까지
흔들어 준다. 고통을 준 가해자(?)로서 미안하면서도 반가운
마음이 들었던 새로운 경험이다. 어쩌면 나는 곁을 주지 않는
야생동물로 살아온 듯하다. 다루는 대상을 닮아온 것이라고
둘러대 본다.

　예전에 후배가 꿨던 꿈을 사고 싶다. 그 친구는 돈 버는
것에는 흥미도 재주도 없었다. 화물차를 사서 거기에 의료 장
비를 싣고 평생 병원 한 번 못 가보는 시골 개나 고양이를 치
료하러 다니고 싶다고 했다. 지금은 어찌해서 직장을 잘 다니
고 있다. 언제가 될지 모르지만 동물원을 퇴직하면 불가능할

것도 없다. 진료비로는 그날 먹을 밥과 반찬을 달래면 어떨까?
밤 간식으로 받은 고구마나 감자를 구워 먹으면 얼마나 맛있
을까? 딸 다민이도 가끔 놀러 와 서로의 얼굴에 고구마 검댕
이를 묻히며 깔깔거릴 것을 상상하니 즐거워진다. 정말로 소중
한 것들은 돈으로 살 수 없다.

동물원에서

꼬마홍학

수의대를 졸업하고 야생동물 의학 대학원에 다니던 중 지도교수님께서 갑작스럽게 일본에 교환교수로 가시게 되어 진로를 다시 고민하게 되었다. 마침 대학 동기가 호주에 있었는데 야생동물 분야가 앞선 나라라고 했다. 호주에 살아봐도 좋겠다 생각하고 무작정 호주행 비행기를 탔다. 시드니에 도착해서 대학원을 알아볼 요량으로 시드니대 수의대를 찾아갔다. 우연히 만난 홍콩 국적의 수의대 학생에게 학비를 물어보니 외국인은 자국민보다 2배가 비싸다고 했다. 생활비 마련과 이민 그리고 입학을 위해 세차 알바를 시작했다.

한국과 달리 호주에서는 호스로 물을 뿌려 세차할 수가 없었다. 하천오염을 막기 위한 일환이었다. 대신 세제 탄 물을 적신 수건으로 차량을 닦아내고 젖은 수건으로 물기를 다시 훔쳐냈다. 일이 끝나고 하숙집으로 돌아와 친구들과 함께하는 저녁은 즐거웠다. 밤에는 바다로 나가 와인을 마셨다. 단순한 육체노동이 머리를 맑게 했고 밤잠은 달았다. 그런 생활들이 10개월 째 흐르고 있던 어느 날, 수의대에 남아있던 대학 동기가 국제전화로 청주동물원에 수의사 자리가 났다고 알려왔다. 같이 있던 친구와 여러 날을 고민했지만 미루어 뒀던 야생동물 수의사의 꿈을 찾아 귀국했다.

그렇게 들어온 동물원에는 일을 가르쳐줄 선임 수의사도, 일할 장소도 마땅치 않았다. 창고에 진료 테이블을 구해다 놓고 자료를 찾아 스스로 익히는 수밖에 없었다. 그 와중에 새들은 하루가 멀다 하고 동물원에 들어왔다. 물새장에 전시될 홍학은 스페인에서 플라밍고 춤으로 유명한 유럽홍학과 칠레홍학, 쿠바홍학, 꼬마홍학 4종이었다. 다른 3종과 다르게 꼬마홍학^{Lesser Flamingo}은 동물원 개체가 아니라 아프리카 야생에서 직접 포획되어 먼 한국까지 온 것이었다.

야생동물 수의사의 꿈을 꾸게 해 주었던 영화 <아웃 오브 아프리카^{Out of Africa}>에는 로버트 레드포드가 경비행기에 연인 메릴 스트립을 태우고 야생동물 천국인 아프리카의 평원을 날아가는 장면이 있다. 비행기 밑으로 수많은 분홍색 새들이 놀라 날아오르는 장면이 압권이었다. 동물원 일을 하면서 다시 본 영화 속의 그 새가 꼬마홍학인 것을 알았다. 역시 아는 만큼 보인다. 아프리카에서부터 좁은 상자에 갇혀 며칠을 날아온 꼬마홍학들 중에는 오자마자 일어서지 못하고 죽는 개체가 많았다. 당시 수입업체와의 계약사항에는 동물원의 귀책사유가 없는데 두 달 안에 홍학이 폐사한다면 다른 홍학으로 보내준다는 조항이 있었다.

수입업체는 동물원의 잘못을 확인할 수 없었고 계약대로 모 빙훈의 홍학늘이 계속해서 들어왔다. 폐사를 막지 못하면 끝이 없어 보였다. 주저앉는 홍학이 있으면 옆에 두고 지켜야 했다. 침낭을 사서 아픈 홍학 옆에서 꼬박 밤을 새도 결과는 좋지 못했다. 홍학 한 마리 가격을 누군가가 말해 주었다. 부담스러움에 한계를 느껴 그만둘 생각을 여러 번 했던 것 같다. 부끄럽지만 그때의 나는 새에 대해 잘 모르는 수의사였다.

새에 대해 모르면서 어떻게 치료가 가능했을까? 인터넷을 통해 새의 경정맥에 수액 놓는 법을 익히고, 일어서지 못하는 홍학을 위한 치료용 의자를 만들기 위해 실물 사진을 찾아 보았다. 각목으로 홍학의 다리 길이에 맞게 의자를 만들고 다리가 들어가는 구멍을 뚫어 일어서지 못하는 홍학을 앉혔다. 먹이를 먹지 않으니 수액을 놓아 탈수를 예방했다. 살아나는 홍학이 생기자 기운이 좀 났다.

동물원의 홍학들은 점차 안정을 찾아갔지만 적응하는 과정에 다시 문제가 발생했다. 홍학은 바다의 부드러운 뻘에 사는 새로 연약한 발바닥을 지녔다. 홍학사의 거친 시멘트 바닥은 홍학의 발바닥에 상처를 냈고, 상처를 통해 들어온 균들은 며칠 후 관절을 퉁퉁 붓게 만들어 결국 일어서지 못할 정도에 이르렀다. 사육사들과 함께 거친 바닥에 물렁한 고무 재질을 입히자 상처가 생기는 홍학은 줄어들었다.

야생에서 포획한 동물은 어떤 질병이 있을지 몰라 검역을 철저하게 해야 되는데 담당 기관에서도 눈으로만 관찰하는 형식적인 검사가 이루어졌다. 그러다 보니 폐사의 원인을 찾아 더 이상 홍학이 죽는 일이 없도록 자구책을 마련해야만 했다. 그 당시 폐사한 홍학의 내장 안은 처음 보는 기생충으로 가득했다. 홍학의 입에 구충제를 투여해야 했다. 홍학의 부리는 특이하다. 마치 주사기 안에 피스톤이 들어 있듯이 부리 안에 꽉 차는 혀가 들어 있다. 혀를 당기면 부리 위에 뚫린 구멍으로 먹이를 빨아들이는 구강 구조다. 부리를 굳이 벌릴 필요가 없다 보니 부리를 열기가 힘들었다. 한 마리씩 안 벌어지는 부리를 벌려 혀 뒤쪽으로 구충제를 짜서 넣었다.

이렇게 새로운 한 종의 동물의 진료를 정립하는 데 많은 시간과 에너지가 든다. 그리 큰 규모가 아닌 청주동물원에는 그 당시 130종의 동물들이 있었고 대형 동물원에는 몇 백종의 야생동물이 있다. 그래서 야생동물 진료는 도전의 연속이다.

열정적으로 진료하지만 결과가 좋지 않을 때가 많다. 아픈 동물이 발생하면 열심히 진료해도 폐사되는 경우가 많아 무력감에 자주 빠지게 된다. 어렵게 치료가 되면 그 과정을 이해하는 사람들이 많지도 않아 자기만족에 그치는 경우가 많다. 동물들은 치료 중 고통을 받았으니 고맙다는 말 대신 으르렁거리거나 도망가는, 야속한 환자다. 그래도 내일 다시 아픈 동물들을 감당하려는 이유는 야생동물 수의사가 아니면 살려보려는 시도조차 할 수가 없기 때문이다.

최근 홍학을 포함한 새들의 건강과 복지를 위해 물새장에 들어가서 가까이 볼 수 있도록 한 관람로를 없앴다. 대신 조금 떨어진 곳에 새들을 관찰할 수 있는 높은 전망대를 설치하였다. <아웃 오브 아프리카>에서 경비행기를 탄 주인공들이 본 것처럼, 멀리 분홍색 홍학들이 보인다. 나는 아직 날고 있다.

동물원에서

동물원이 되고 싶은 곳

청주동물원에 오는 관람객 대부분은 초등학교 저학년 이하 어린이들과 그들을 이끌고 온 부모들이다. 다른 연령대의 관람객은 꽤나 드물다. 초등학교 저학년을 지나면 동물원에 오지 않는 이유가 무엇인지 곰곰이 생각해 본다. 인터넷에도 동물원을 검색해 본다. 동물원 기사에 달린 댓글을 읽는데 부정적인 단어들이 많이 보인다. 대부분 감옥 같은 동물원에서 동물들을 야생에 풀어주라는 글들이다. 청와대 홈페이지의 국민청원 게시판에 올라와 있는 동물원 관련 글의 수를 봐도 비슷한 전시시설로 분류되는 박물관과 식물원보다 압도적으로 많다. 동물원은 청소년에게는 놀이공원에 비해 시시하고 재미없는 장소로 여겨지는 듯하고, 커서 어른이 되면 좁은 곳에 가둬놓은 야생동물을 생각하니 마음이 아파 가기를 꺼리는 것 같다.

동물원의 기원은 제국주의 국가가 침략한 나라의 이국적인 동물들을 전리품으로 데려와 권력자들이 앞마당에서 구경하는 데서 시작했다. 어린 동물을 데려오기 위해서 새끼를 보호하는 힘센 어미를 총으로 쏘아 죽이는 일도 서슴지 않았다. 세계 최초의 동물원은 1752년에 개장한 오스트리아의 쉰브른 동물원이며 우리나라의 동물원도 일본과 중국에 이어 아시아에선 네 번째로 역사가 깊다. 1909년 일제가 을사조약으로 우울과 근심에 빠진 순종의 마음을 달랜다는 명분으로 창경궁을 격하시켜 동물원인 창경원을 만들었다. 그로부터 백년이 넘도록 동물원에는 큰 변화가 없었다.

2012년은 한국 동물원과 동물복지에 중요한 해였다. 그 중심에는 호랑이 크레인과 돌고래 제돌이가 있다. 크레인은 서울대공원에서 근친교배로 태어난 호랑이로, 안면기형을 가지고 태어났다. 특이한 외모를 가진, 이 장난끼 많았던 새끼 호랑이는 텔레비전과 영화에 출연하면서 유명해졌지만 어른이 되면서 잊혀졌고 원주의 작은 동물원으로 보내졌다. 그 후 8년을 그곳에서 살다가 사연이 알려져 태어난 곳인 서울대공원으로 돌아왔다. 제돌이는 불법 포획되어 서울대공원의 동물쇼에 출연하다가 고향인 제주 앞바다로 돌아갔다. 야생으로 돌아가기 위한 훈련 과정이 역시 텔레비전과 인터넷을 통해 세상에 알려지면서 동물원수족관법이 제정되는 계기가 되었다.

2016년 동물원을 산업으로 인식한 일부 국회의원들의 반대로 중요 내용이 빠진 채 동물원수족관법이 제정되었다. 당시 국회의안정보시스템에 하루에도 몇 번씩 접속해 환경노동위원회의 회의록이 올라오는 대로 읽으며 법이 제정되기를 간절히 바라던 기억이 난다. 2020년 현재 동물원수족관법 개정에 관한 8개의 법안이 발의됐다고 하니 앞으로는 법을 통해 동물들의 삶의 질이 보장될 수 있으리라고 희망하다 이른바 '동물판'에 뛰는 몇몇 사람이 아무리 훌륭해도 상황에 흔들릴 수 있기에 법처럼 보수적인 안전장치가 필요하다.

작년 유튜브에 "동물원을 싫어하는 수의사가 동물원에서 일하는 이유"라는 제목으로 인터뷰 영상이 나간 적이 있다. 사실 다른 동물원은 잘 모르고 내가 직접 일해서 알고 있는 청주동물원의 현실을 나름 솔직히 이야기 했는데 기사가 나간 이후 주변 지인들이 농담반 진담반으로 동물원에 계속 다닐 수 있겠느냐고 걱정했다. 시간이 지나자 많은 사람들이 동물원의 문제와 개선에 공감해 주었고, 그 공감대는 해야 할 것을 할 수 있는 것으로 만들어 주었다.

전국에는 아직도 400여 마리의 웅담 채취용 사육곰이 열악한 환경에 놓여 있다. 2018~2019년 녹색연합과 최초로 사육곰 3마리를 구조하면서 청주동물원은 주목 받았다. 곰을 구출하러 간 동해농장에는 내가 알던 언론은 다 와 있던 걸로 기억한다. 사육곰들로 인해 환경부 국비가 처음 들어오고 영화 <동물, 원>의 선한 영향력으로 2020년 현재 호랑이사, 여우사, 산양사가 넓은 공간으로 탈바꿈하는 중이다. 조만간 수달사와 맹수사도 동물들이 좀 더 편안한 공간으로 바꿀 수 있게 되었다. 청주동물원이 곰들을 구조한 것이 아니라 곰들이 청주동물원을 구조했다고 농담처럼 이야기한다.

과거에도 야생동물구조센터에서 덫에 걸려 다리가 절단된 삵과 부리 이상으로 잘 먹지 못하는 독수리를 데려온 적이 있지만 사육곰들을 구출하면서 청주동물원이 야생동물보호구역, 일명 생추어리로서의 역할을 본격적으로 하게 될 것으로 기대한다. 가혹했던 동물원 역사의 끝은 남은 여생을 편안하게 살아가는 야생동물들의 이야기로 마무리되는 해피엔딩이었으면 좋겠다.

에필로그

맺음말

작년 책을 쓰기 시작했을 때는 찔레꽃이 피었는데 마지막 글을 쓰는 지금은 장미가 화려하다. 겨울털과 여름털을 번갈아 입는 동물들은 더위가 오기 전 무거운 털옷을 벗고 있다. 내 봄도 시간이 지날수록 달력보다는 계절에 적응하며 변화한다. 자연은 순리다.

책을 쓰는 1년여 동안 동물원에도 변화가 있었다. 오소리 연밤이가 동물원에 들어왔고 늑대 민국이와 수달 달순이가 생을 마감했다. 연밤이는 사람에게 길들여져 동물원에 입원하였고 민국이는 암으로, 달순이는 힘겹게 노환과 싸운 끝에 안락사로 동물원을 퇴원하였다. 이미 퇴원해 버린 동물들은 좁았던 이 곳에서 답답한 삶을 살다갔지만 남은 동물들은 좀 더 쾌적한 환경에서 살 수 있을 것이다. 아침부터 중장비가 들어와 대중 목욕탕 같이 작았던 수달사와 물범사를 허물고 있다. 두 동물사를 허물어서 넓어진 공간에는 새 수달사가 들어서게 될 것이다.

늑대를 위한 공간을 설계하기 위해 회의를 했다. 논의를 하면서 늑대에 대한 공부가 부족하다고 깨달았다. 세 명의 사육사는 늑대사를 먼저 확장한 전주동물원으로 출장을 갔다. 새로 들어온 수의사는 늑대가 땅을 파고 뛸 수 있는 능력치에 대해 알아보기 위해 논문을 열심히 찾고 있다.

여러 업무로 바쁜 나날을 보내고 있는 막내 사육사, 신규 수의사, 행정직원을 보고 있으니 미안하고 고맙다. 성장하고 있는 후배들을 보며 동물원의 미래를 상상해 보는 것은 기쁜 일이다.

아침이면 야생의 왜가리가 동물원 두루미사 앞에 머무는 것을 자주 본다. 무엇인가를 애타게 기다리는 것 같아 보였다. 인기척을 내면 도망가기에 멀리서부터 숨어서 접근해서 보니 두루미가 자신의 먹이인 미꾸라지를 왜가리에게 나눠주고 있었다.

고아가 된 어린 새에게 짝없는 수컷이 먹이를 주는 사례가 일부 조류에게서 발견된다고 한다. 두루미와 왜가리의 경우는 언급된 논문은 찾을 수 없어 아는 조류학자에게 동영상을 보냈더니 연구해 보고 싶다고 한다. 갇혀 있는 새가 종이 다른 야생의 새에게 먹이를 나누어 주는 모습을 과학이 아닌 인문의 시각으로 생각해 보니 상황과 종을 넘는 공존이 아름답기만 하다.

시골에 살던 초등학교 4학년, 시골 마당에 어울릴 만한 큰 개를 키웠다. 개를 좋아했고 그 개도 나를 좋아했다. 읍내로 이사 가면서 같이 갈 수 없는 개는 외할머니댁에 맡겨졌다. 시간이 지나면서 개를 잘 생각하지 않았지만 갑자기 개가 보고 싶어 무작정 버스를 탔다. 개에게 줄 소세지도 가방에 잘 넣어 두었다. 외할머니댁에 들어서자 어떤 중년 남자가 우리 개를 끌어내려 애를 쓰고 있었다. 더운 날씨에 끌려가지 않으려 개는 혓바닥을 길게 빼고 온힘을 다해 저항하고 있었다. 수줍던 난 간신히 낸 용기로 달려가 개장수의 반대쪽에서 개줄을 힘껏 당겼다. 사전에 값을 치룬 남자는 개를 끌고 갔고 장에 갇혀 멀어져 가던 개에게 많이 미안했다.

지난 주 일요일에 시골의 개들을 위한 의료봉사를 다녀왔다. 두 번째 봉사였다. 봉사자들의 재참여율이 높고 지난 봉사 때의 경험 때문인지 검진, 수술, 환경 개선의 각 분야는 처음보다 잘 조직되어 움직였다. 중성화를 통한 번식제한으로 시골 개들의 들개화를 예방하여 야생동물의 피해를 줄이려고 시작한 일이지만, 주민들이 짧은 줄에 평생을 묶여 사는 개들의 삶을 이해하고 이를 개선해 주는 계기가 되고 있다. 개인적으로 노 봉사늘 통해 어린 시절 개에 대한 미안함을 덜 수 있었으면 좋겠다.

작년부터 딸 다민이의 소원으로 다시 개를 키우기 시작했
다. 개의 이름은 둥이다. 딸아이 노트에는 둥이가 하얀 솜사탕
같고 목소리는 디즈니의 에리얼 공주와 닮았다고 적혀 있다.
둥이와 함께 할 시간이 아름답고 행복한 기억이길 바란다.

2021년 6월

김정호

도움 주신 분들

동물, 원	김상인	뽀롱&마요 엄마
ads	김수연	샤인나인
felizgato	김신형	서진동물병원
marinevet	김유리	성석제
OS2_SH	김은미	송윤경
Raymond KH Park	김정재	신은비
Sliver dragon	김철	신화정
sunnyq10	김현미	안범수
강민채	깐돌누나채화	안정화
고은경	나리	안지환
구수경	노주형	연동맘
김규태	다뽀	염은애
김근아	똘이누나	오나경엘니뇨
김다민	루시의 정원	오로라
김미애	반달곰	왕민철
김민수	바수	신병희
김민아	백승진 (William)	유제혁
김보경	변정은	윤서현
김보라	변현섭	윤준헌

윤지영   장석진   최태규

윤현주   저기저별위에   케플러49

이가영   전병구   표석

이건준   전채은   하정주

이다예   정글피쉬   핫식

이보람   정동혁   해찌

이봉희   정숙영   현빈희

이삼선   정유정   혜경

이시영   제성윤   후니네헤린이

이숙진   제이와이

이승현   조수빈

이아람   조승연

이영주   조우경

이원영   조지은

이윤선   주관종

이은구   차현숙

이정운   채승훈

이희운   최성준

임승효   최재혁

코끼리 없는 동물원

수의사가 꿈꾸는 모두를 위한 공간

초판 1쇄 인쇄 2021년 6월 25일
초판 3쇄 발행 2024년 7월 20일

지은이   김정호
그린이   안지예
펴낸곳   (주)엠아이디미디어
펴낸이   최종현
기획   김동출 이휘주
편집   이휘주
교정   김한나
디자인   김동환
마케팅   유정훈
경영지원   윤석우

주소   서울특별시 마포구 신촌로 162 1202호
전화   (02) 704-3448   **팩스**   (02) 6351-3448
이메일   mid@bookmid.com   **홈페이지**   www.bookmid.com
등록   제2011 - 000250호

ISBN   979-11-90116-48-0 (03810)